マドンナメイト文庫

男の娘《こ》いじり　倒錯の学園祭

伊吹泰郎

目次

contents

男の娘《こ》いじり　倒錯の学園祭

プロローグ

「……どうかしら、後藤《ごとう》君。部活へ出てきてくれたということは、上手《うま》くいきそう？」

所属する美術部の顧問、有倉千佳《ありくらちか》から優しく問われて、後藤晶《あきら》は目を伏《ふ》せた。

「い、いえ……まだです……でも、休みっぱなしはよくない気がして……」

答える間に瞼《まぶた》が震えて、抑えきれないいじれったさが、長いまつげの端まで表れる。

晶は竜《りゅう》ヶ園《その》学院へ通う一年生の少年だ。男子にしては小柄なほうで、おとなしげな顔立ちも、どこかウサギやハムスターめいている。

趣味といえば、子供の頃から絵を描くことぐらいだが、それだって賞とは縁遠く、下手《へた》の横好きレベルと自ら諦《あきら》めていた。

彼は今、西校舎三階にある美術準備室の中で、簡素《かんそ》な椅子に座っている。

外が夕暮れどきのため、向き合う晶と知佳の顔は、窓から差し込む日差しによって、赤く照らされていた。

「難しく考えなくていいのよ？　どこかへ遊びに行ったり、寝転がって漫画を見ていたりでいいの」

「だけど、部活から離れると、逆に落ち着かないんです……すみません、先生。せっかく相談に乗ってもらったのに……」

「ああ、謝らないで。やり方の合う合わないは、人によって違うもの」

苦笑する知佳は、年のころ二十代半《なか》ばの綺麗な女性で、いかにも凛《りん》としていた。

身体つきはファッションモデルのように細く、顔の造《つく》りも中性的な端正《たんせい》さが目立つ。

スリムな佇《たたず》まいを自覚してか、髪型は清潔なショートカットに纏《まと》め、学校で着る服も、洒落《しゃれ》たパンツスーツが多い。

さらに切れ長の瞳へは、教師らしい誠実さを宿す。

面倒見がよく、気取らず、かっこいいのだ。当然、生徒からの人気は高く、晶も彼女の大ファンだった、
しかも、知佳は学院の許可を得て、現代アートの造形作家としても活躍している。

掲《かか》げるテーマは難解で、晶にはとても理解しきれないものの、評論家の激賞が載っ

ている雑誌を、前に美術部部長――二年女子の高沢美緒《たかざわみお》が見せてくれた。

「私は顧問。あなたたち、みんなの味方よ。それにね、急に手が進まなくなることなら、誰にだってあるんだから。私も後藤君と同じぐらいの歳から、何度も行き詰まっているわ」

「……そうなんですか？」

「ええ、もちろん」

自信に満ちた首肯《しゅこう》をされても、なかなか信じられない。しかし、知佳の諭《さと》すような語り口には、不思議な説得力もあった。

ここしばらく、晶はスランプを抱《かか》えている。きっかけとなったのは、およそ一カ月後――十月前半に開催される学園祭の準備だ。

美術部は毎年、客へお茶などを出しながら部員の作品を鑑賞してもらう、通称「美術喫茶」をやっていた。だが、先輩たちの上手い作品と、自分の絵を同列で並べられるなんて、気弱な少年にはプレッシャーが大きい。

焦《あせ》りは日ごとに膨らんで、絵を描き進めても、粗《あら》ばかり目へつくようになってしまった。

それで悩んだ末、知佳へ相談したのだ。

まず出された案は、創作から距離を置き、心をリセットすることだった。

しかし、成果は芳《かんば》しくなく、むしろ毎日、悶々《もんもん》としてしまう。

——知佳がまた微笑《ほほえ》んだ。

「本当に、焦らなくて平気よ。学園祭までにペースを取り戻せれば大成功だし、足踏みが続いたとしても、きっと未来の成長に繋がるわ」

「だけど……っ」

いくら未熟だろうと、自分は絵が好きなのだ。それがままならないなんて、歯噛みするほど悔しい。

そんな教え子を制するように、知佳はそっと右手のひらを挙げた。

「自分を追い込んで、絵に苦手意識を持ってしまうほうが、よほどマイナスよ。展示物のことは心配しないで。去年も一昨年も、卒業生の絵で水増ししているもの」

彼女の目が準備室の隅に移る。そちらにはOBやOGの作品が、数多く保管されているのだ。

それから晶へ、包容《ほうよう》力たっぷりに視線が戻された。

「次はいっそ、反対のことをやるのがいいかもしれないわね」

「反対、ですか？」

「次の休日、外へ出て、目につくものをどんどんスケッチしていくのよ。出来は気にせず、途中で見返さない。吹っ切れることが目的だから、勢い任せでかまわないの。行く場所は……モチーフがいろいろあるから、公園とかがおすすめね」

「ん……」

いまいちピンとこないものの、ジッとしていると悪い想像ばかり膨らむ自分には、けっこう適しているかもしれない。

そんな少年の内心を、知佳も目ざとく察したのだろう。励まし口調で付け足してきた。

「もしかしたら、運命の出会いがあるかもしれないわよ?」

「運命……?」

なんだかおおげさだ。しかし、知佳は鷹揚《おうよう》に頷《うなず》く。

「創作って、どこに転機があるかわからないものよ。恋人との関係を通して画風が変わる巨匠もいるし、旅先の風景に入れ込んで、滞在期間を延ばす画家だって、昔から多いわ」

「な、なるほど」

さすがに近所へ出るだけで、そこまで劇的なイベントなどないと思う。しかし、尊敬する知佳の助言だから、大事にしたかった。

「……わかりました。次の土曜日になったら、僕、やってみます」

「頑張ってね。応援してる」

今日一番の素敵な笑みを、知佳は見せてくれる。それは男女関係なく、確実に魅了されるであろう温かさに満ちていた。


——晶はまだ知らない。

己《おのれ》のささやかな決意が、本当に「運命の出会い」へ結びつくことを。

知佳まで巻き込んで、倒錯《とうさく》の扉を開いてしまうことを。

彼が「転機」を迎える日まで、あと少しだった。

第一章　倒錯の芽生え

土曜になるのを待って、晶は朝のうちから、近所の公園を訪れた。絵を描く場合、光の当たり方も重要だ。太陽は時の経過で位置を変えていくし、早く手を付けるほど、さまざまなタッチへ挑戦できる。

低いレンガふうの壁に囲まれたこの公園は、広く取られたスペースへ、芝生や多くの樹木が植えられて、幅広い年齢層がくつろげる場所だ。

そんなわけで、いつもなら散歩する人が少しはいるのだが——時間帯の関係か、到着してみると、まだ誰の姿もなかった。

まあ、スランプ中の絵を誰かに見られるなんて、やっぱり避けたいし、かえって都合がいい。

晶は園内の中央近く、丸い花壇の前へ置かれたベンチへ腰かけた。

（よし……！）

周囲を見回し、人がいないともう一回確認したうえで、トートバックからスケッチブックを出す。

あとはしり込みしそうな己を叱咤《しった》して、無理やり鉛筆を走らせはじめた。

まずは全体の風景だ。それから正面の花壇や、離れたところに立つ柱の上の時計も描く。

（描いて、描いて、描きまくるんだ……！）

知佳からアドバイスされたとおり、出来上がったものは見返さない。

自分へ言い聞かせながら手を速めるうち、彼もテンションが上がってきた。

やがて五枚目を終えたところで、手の疲れから我へ返る。

「ふぅ……っ」

このやり方が効果的かどうかなんて、いつの間にか、頭の隅へ追いやっていた。

つまり、悩む間さえなかったわけで、ある程度は上手くいったのだろう。

（有倉先生……）

本格的な活動へ戻れるかは、まだわからないが、晶は教師への感謝と共に、ベンチの背もたれへ寄りかかる。

そのときだ。突然耳元で、知らない女性の声がした。

「うん、うん、なるほどねぇ」

「う、えっ!?」

不意を突かれて、晶の心臓は大きく弾《はず》んだ。

しかも反射的に振り返ろうとしたせいで、座面から滑り落ちかけた。

「わ、わ、わっ!?」

慌てて踏ん張って転倒は堪《こら》えたものの、相手を見上げた途端、さらなる驚きに見舞われる。

背後の女性は、それほど美しかったのだ。

たぶん、歳は知佳と同じぐらいか、二つ三つ上だろう。大きな瞳の、端の少し垂れているところが、柔和《にゅうわ》そうでありながら、色っぽくもある。対照的に顔は小ぶりで、肌が透けるように白い。

髪は茶色く染められて、ふんわり波打ちながら、背中のほうへ流れていた。

「あー、ごめんねぇ。いきなり声をかけたら、ビックリしちゃうよねぇ?」

再び発せられた声は、どこか眠たげで、これまた艶めかしい。

涼やかな知佳をファッションモデルふうとするなら、こちらは個性派の女優か。

あるいは、グラビアアイドルかもしれない。

彼女のバストは特大で、着ているジャケットの胸元を、はち切れんばかりに盛り上げている。見上げる晶には、なおさら大迫力だ。

対照的に腰はスラッとして、上着のベルトによって、いっそう引き締まって見えた。

「えと、ええと……ど、どちら様、ですか……？」

晶は目を白黒させながら、とぼけた質問をしてしまった。

すると女性が楽しげに、赤いルージュの似合う口元を綻《ほころ》ばせる。

「あー、あたしはねぇ……うん、倉戸百音《くらともね》っていうの。で、君は？　なんていうのかな？」

「ご、後藤晶です……」

「そっか、後藤君かぁ。や、君がスケッチブックを広げてたから、なんか気になっちゃって。あたしも絵を描くのが好きなんだぁ」

「そうなんですか……」

この端正な女性がどんな作風なのか、晶は興味をそそられた。

一方、相手も至ってマイペースに、ベンチの正面へと回り込む。

「うんうん。でも、了解なしで覗くなんて、マナー違反だったよねぇ。というわけで」

サッと彼女は手を差し出してきた。

「君が描いたもの、見せてほしいな？」

「え……っ」

了解さえ取れば、失礼には当たらないとの発想らしい。

だが、晶もまだ自作を人へ見せられるほど、気がまえができていない。

「あのぅ……今日は走り書きしかしてないんですけど……」

そう言ってみるが、百音も手を引っ込めようとしなかった。首を傾《かし》げる素振りも含めて、だからどうしたの、といわんばかりだ。

こうなると、内気な少年はたやすく押し切られてしまう。

「ほ、本当に下手なんですからね……？」

予防線めいた言い訳を述べながら、スケッチブックを手渡した。

途端に百音の美貌《びぼう》へ、気安い笑みが浮かぶ。

「ありがとぉ」

彼女は礼を述べながら、さっそくページをめくりだした。だが、一枚ごとに「うん」とか「へぇ」とか呟《つぶや》きを混じらせるだけで、具体的な感想は挟まない。

（なんか……落ち着かないな……）

晶はソワソワさせられる。にもかかわらず、百音の美貌には引力めいたものがあって、片ときも目を離せなかった。

やがて、思い当たる。

（僕、この綺麗な人の絵を描いてみたいのかも……）

異性に対する一目惚《ぼ》れよりも、そっちの感覚のほうが近そうだ。

もしもそうなら、ささやかながらも久しぶりの創作意欲だった。

——運命の出会いがあるかもしれないわよ？

知佳のセリフに、俄然《がぜん》、現実味が出る。

とはいえ、名前しか知らない相手だし、話をできる時間だって限られていた。

何より、気持ちが盛り上がってなお、初対面の相手へモデルを頼むのは、晶にとって難度が高い。

（僕程度の腕じゃ、図々《ずうずう》しすぎるよ……）

ほどなく、百音がスケッチブックを返してくる。

「はぁい、ありがとね」

「あ、いえ……」

興奮から一転、晶はモゴモゴ呟くような返事しかできない。

百音も絵の批評をするつもりはないらしく、

「じゃあねぇ」

ヒラヒラ手を振ってから、踵《きびす》を返した。そのまま自然に歩きだし、後ろ姿はどんどん離れだす。

二メートル、三メートル——五メートル——。

「ぁ……」

見送る晶の中で、焦りが膨らんだ。

スケッチへのコメントが皆無なのは、よいと思ってもらえなかったからだろう。モデルなんて、断られるに決まっている。

だけど、勇気を出せば、ひょっとしたら——。

「……あの！」

葛藤《かっとう》の末、晶は立ち上がって大声をあげた。

それで女性も足を止め、気を持たせるように振り返る。

「んん？　どうかしたのぉ？」

「あ、その、ぼっ、僕は……っ」

晶は土壇場《どたんば》でヘタレてしまった。

しかし。

言い淀《よど》む彼の許《もと》へ、女性はゆったり戻ってきたのだ。

「ふふっ、あたしにモデルを頼もうとしてたのかな？」

「え……」

「そういう目で見られてる気がしたよ？」

晶は息を呑む。同時に、身のほど知らずだったと実感した。

「し、失礼しました……っ」

「いいよぉ、謝らなくて。でも、ただで引き受けるわけにはいかないなぁ？」

「えっと、つまり、報酬《ほうしゅう》、みたいな……？」

学生の身で、多額のお金なんて払えるはずがない。

もっとも、百音が求めてきたのは、金銭ではなかった。

「うん。せっかくだし、君にもあたしのモデルをやってほしいの」

「え……っ。僕がですか!?」

こんな美人の前でポーズを取るなんて、人前で絵を描く以上に恥ずかしい。

だが、譲歩《じょうほ》してもらえた以上、晶だって気力を振り絞る。

「わ、わかり……ましたっ。やります、モデル。だから……倉戸さんの絵、僕に描かせてください！」

「りょーかぁい。じゃあ、これからは君を晶クンって呼ぶよ？　ちょっとの間かもしれないけど、創作のパートナーになるんだし、いいよね？」

「……っ！」

刺激的な問いかけへ、晶はとっさに言葉を返せなかった。だからコクコク頷くのみだ。

ともあれ契約は成立し、百音は右手の人差し指を、細い顎《あご》へ添える。

「描くのは晶クンが先でいいよぉ？　場所はどうしよっか？」

「く、倉戸さんに問題なければ、今すぐここで……っ、お願いしますっ」

時間を置いたら、百音の気が変わるかもしれない。それに自分だって、気後《おく》れしかねない。

もっとも、この申し出に、百音は小首を傾げた。

「ふぅん、あっさりだねぇ？」

「えっ？」

「だって、あたしのほうは、ちゃんと油絵まで仕上げるつもりだったから」

「そう、なんですか……？」

ずいぶん本格的だ。しかし言われてみれば、頼みを聞いてもらっておいて、鉛筆描きで済ませるほうが無礼かもしれない。

晶は返答へ詰まり、また百音に笑われてしまった。

「まぁ、君がすぐに済むなら、あたしの番も早く回ってくるからねぇ。オッケー、オッケー」

彼女はそう言って、両手を頭の後ろへやる。さらにバストを誇示《こじ》するように上体を反《そ》らし、片方の踵を少し浮かせた。

「ポーズはこんな感じぃ？」

「い、いえ……っ。その……ベンチに座ってもらって、いいですか……？」

百音が選んだ姿勢ではセクシーすぎる。

頭の中で構図を組み立てながら、少年の頰はみるみる熱くなった。

そこから三十分、晶はデッサンへのめり込みながら、頭の中が真っ白だった。

粗相《そそう》のないように、ただし己の昂《たかぶ》りは逃さないようにと、夢中で手を使ったのだ。

そして渾身《こんしん》の一枚が出来上がってみれば、今日までに抱いていた行き詰まりも、だいぶ薄れていた。

どうやら、スランプの出口へ近づけたらしい。

——ちなみに完成した絵を見せても、百音の反応は曖昧《あいまい》だった。「うん」と頷いてから微笑んだのみで、どう思われたか、さっぱりわからない。

とはいえ気を悪くした様子はなく、彼女はスケッチブックの隅へ、住所と携帯番号、さらにネット用のアドレスを記した。

「君の連絡先も知りたいから、あとでメッセージちょうだいね？　で、明日十一時ごろ、この住所へ来て？」

語尾を質問気味に上げつつ、すでに彼女の中で、日時は決定事項らしい。

晶だって特別な予定なんてないから、ぎこちなく頷き返す。

「ふふっ、じゃあねぇ、晶クン」

百音は最後にもう一度小さく笑い——改めて公園から去っていったのだった。

翌日、晶は約束より十分早く、指定された住所を訪れた。

すると建っていたのは、庭付きの立派な一戸建てだ。周囲の家々も似た規模で、総じて静かな高級住宅街となっている。

どうやら、百音はかなり裕福らしい。

翻《ひるがえ》って、晶は両親と古いマンション住まいだから、昨日の出来事までが、夢だったように思えてしまう。

いちおう、少ない小遣いから手土産の菓子を買ってみたが、果たして百音の口に合うかどうか——。

ともかく、インターホンを押そうと門柱へ目をやれば、ボタンの上に表札があった。

——有倉。

黒い二字が、筆書きふうに白地へ彫り込まれている。だが、有倉といえば、美術部顧問の知佳と同じ姓だ。

(……えっと。二人が家族なんて、そんな偶然、出来すぎだよね?)

だいたい、百音は昨日、倉戸と名乗っていたはずだ。

となると、違う家へ着いてしまったのかもしれない。

晶はポケットからスマホを取りだした。

『すみません。僕がお邪魔するのは、表札に有倉と書いてあるお宅でいいでしょうか?』

念のために二度読み返してから百音へメッセージを送ると、すぐ返事が来る。

『大丈夫。だってあたし、有倉百音だよ？　今、迎えに行くね？』

どうやら、倉戸という苗字は、自分の覚え違いだったらしい。

（でも……先生と同じ苗字を聞いたなら、もっと印象に残ったような……？）

晶は首を捻《ひね》ってしまう。

その疑問が解けないうちに、柵状の門の向こうで、玄関ドアが開かれた。出てきたのは、確かに百音だ。

もっとも昨日と打って変わって、彼女はトレーナーにジーンズというラフな服装をしている。たぶん、画材で汚れることへ備《そな》えたのだろう。ただ、どんなに地味な衣装でも、本人の美しさは損なわれない。むしろ、あるがままの華やかさが引き立つ。

百音は門まで来ると微笑んで、

「いらっしゃい、晶クン」

「は、はいっ……」

対する晶の胸は、初対面のとき以上に高鳴った。

「これっ、あとで食べてください……っ！」

彼は慌てるあまり、家へ上がってから渡すつもりだったお菓子まで、その場で差し出してしまっていた。

「はい、どうぞぉ」

「い、いただきます……っ」

正面のテーブルへ紅茶のカップを置かれ、晶はしゃちほこばりながら礼を述べる。

家に上がって、彼が通されたのは、奥まった場所にある美術用のアトリエだった。

そこは晶が想像した以上に立派で、画材や木製の棚など、かなり使い込まれている。周囲の壁にも、絵の具などの匂いが染みついて、換気扇が回っているのに、油っぽさがツンと鼻を突いた。

さらにかぶさる布の陰からチラッと覗くいくつかの絵は、断片的に見るだけでも、素晴らしい出来栄《ば》えだ。これらが百音の手によるものだとしたら、彼女の技量はプロ級だろう。

(僕……すごい人へモデルを頼んじゃったの？)

どうりでスケッチブックを見せても、感想をもらえなかったわけだ。仮に彼女の口から誉め言葉が出たところで、それは単なるお世辞だったに違いない。

落ち着きなく視線を彷徨《さまよ》わせる晶へ、百音はにこやかに告げてきた。

「さぁ、飲んで飲んで。それが済んだら、今日はイメージ固めのためのデッサンへ入るからね？　君のための服、ちゃーんと準備してあるんだよ？」

「ふ、服ですか？」

「ふふっ、詳しくは見てのお楽しみぃ」

百音の口ぶりは、何やら悪だくみしているように響く。

しかし約束は約束だ。晶は急《せ》かされるまま、熱い紅茶へ口をつけた。

それから間もなく――。

彼は激しく後悔することとなったのである。


紅茶を飲み、一息ついて、十五分後。

受け取った衣装を身体の前で広げて、晶は言葉が出なかった。

百音が言う衣装とは、水色の半袖ワンピースだったのだ。

そのデザインは清楚《せいそ》かつシンプルで、襟と袖口、さらにボタンが白いため、幼げな印象も強い。丈はたぶん、晶の膝ぐらいまであるだろう。

だが、細部など問題ではない。

「あ、あ……あの……これって……」

やっとのことで、かすれ声を吐く。

いくら容姿が少女めいているとはいえ、晶はれっきとした男子だ。たいていの衣装なら着るつもりでいたが、こんなものを出されたら、素直に従《したが》えない。

それなのに、百音は平然と言い放った。

「うん、君に着てもらう衣装ぉ」

「でも、これ……女の人用ですよね……？」

「あー、嫌なのぉ？　あたしは君のモデルになって、前払いを済ませてるんだけどなぁ？」

そう言われると、晶は弱い。

「……せ、せめて、もうちょっと普通の服じゃ……駄目ですか？」

「だーめ。あたし、今回は背徳感をテーマにしたいの。晶クンみたいな子がワンピースを着て恥じらう場面、イメージにぴったりなんだよねぇ」

「そんな……」

「ワンピースが駄目なら、裸でもいいよ？『ビーナスの誕生』みたいなポーズで、バラの花を咥えてもらって……」

百音の述べるイメージを聞きながら、晶は鳥肌が立った。

『ビーナスの誕生』は、ルネサンス期の画家ボッティチェリの作だ。全裸の女神が右手で胸を、左手と髪で股間を隠す構図で、それを自分がやるなんて、想像するだに恐ろしい。

「その場合、下着って……」

「全部脱ぐに決まってるじゃない？　お尻も、おち×ちんも、全部出さなきゃ」

「っ……」

百音の口ぶりからは、何もかも本気だと察せられた。加えて、おち×ちんなんて言葉が飛び出したことにも、晶はギョッとなる。

ここで回れ右して全力で走れば、さほど運動が得意そうではない百音の手を逃れて、外へ出られるだろう。

だが、たとえ詐欺みたいな約束であっても、晶は突っぱねにくかった。加えて、全裸とワンピースを比べれば、まだ後者がマシに思えてしまう。

「……………ワンピースで、お願いします……」

肩を落として、そちらを選んだ途端、百音は満面の笑みになった。

「よろしくねぇ？　着替え終わるまで、あたしは部屋の外で待ってるよ」

彼女の目つきは早くも夢見るようで、頰は薄っすら朱色に染まっていた。

自分を納得させるための時間をたっぷり取り、さらに絶大な羞恥心《しゅうち》をねじ伏せて、晶はワンピースへ着替えた。

しかし、ここまでは序の口にすぎなかったのだ。

本番は、アトリエへ戻ってきた百音へ、身を晒《さら》すようになってからだった。

「じゃあ、そこに立ってね。両手はお祈りするみたいに胸の前で組んで、脚のほうは、腿と腿を軽く重ねながら……そう、そんな感じ」

百音は椅子へ腰かけ、どんどん指示を出してくる。その眼差《まなざ》しは、捉《とら》えどころのなかった今までと打って変わって、プロめいた力強さが籠《こも》っていた。服の中身どころか、心の奥まで見透かすようだ。

その分、晶は透明な手で全身を撫で回されるみたいに思えてしまう。

しょうがないよ、約束したんだし——自分へ言い聞かせるものの、肌を粟立《あわだ》たせるムズつきは収まらない。鼓動も速まって、ともすれば二の腕や脚が震えかける。

たとえば、ファッションや遊びの延長で女子の格好をできる男子ぐらい、大勢いるだろう。次の学園祭に、そういう催《もよお》しをするクラスだってあるかもしれない。

だが、晶は違った。むしろ、逞《たくま》しさとほど遠い自分の見た目が、密かなコンプレックスとなっている。加えて、髭が生えるにはまだ早く、腿にも脛《すね》にも無駄な毛はいっさいない。

しかも水色ワンピースの裾は、予想よりだいぶ短く、膝よりちょっと上まで露出させていた。外気なんて、さらに中まで入り込んでくる。

(女子の服って……なんでこんな頼りないの……？)

少し身を揺らすだけで、布の端は軽やかに太腿へぶつかった。今や少年の股座《またぐら》を守るのは、ワンピース下へ潜む、自前のトランクスだけだ。

この装《よそお》いで、誰かの先に立って階段を上れと命じられたら、きっと自分は立ち竦《すく》んでしまうだろう。

「う……く……」

晶は堪《たま》らず腰を曲げかけた。

途端に木炭を握った百音から、ピシャリと叱られてしまう。

「晶クン、背筋は伸ばしてね？」

「は、はいっ……」

姿勢を正す他なかった。

そのうちに時間は過ぎていき、百音のデッサンもどんどん進む。

とはいえ、アトリエ内には時計がないため、曖昧な時刻すら測れなかった。十分ぐらい経ったのか、あるいはまだ五分程度か。考えようとすると、かえって現実感をそぎ落とされそうだ。

「あの……有倉さん……」

「…………」

小声で呼びかけても、返事は無しだ。

「百音……さん？」

言い方を変えたのは、知佳と同じ苗字で相手を呼んでいたら、ますます混乱しそうだったから。それに自分だって、ファーストネームで呼ばれている。

しかし、どちらにしても、

「…………」

百音からは無視されてしまった。

そんな息苦しいシチュエーションがさらに続くうち、晶はいつしか口を半開きへ変えていた。平衡感覚まで失いはじめた。

となれば次に襲ってくるのは、床の柔らかく溶けていくような錯覚だ。

(僕、見られてるんだ……こんな恥ずかしい格好を……っ)

穴が開くほど、熱心に、執拗《しつよう》に――。

そう思うとよろけそうで、今や細長い木炭と紙の擦れる音まで、催眠術の一部めいている。

ススッ、スッ。ススッ、スササッ……。

やがて少年は、股間へむず痒《かゆ》さを感じはじめた。まるで何匹もの虫が、亀頭や肉竿を這《は》いまわるような、この妖しい感覚——。

「んく……ぅ、ふ……っ」

思わず、左右の膝を擦り合わせてしまう。

だが何故か、百音からはもう文句が飛んでこなかった。

それが晶の気持ちのタガをますます緩《ゆる》める。

耐《た》えきれなくなった彼は、ついにその場で蹲《うずくま》った。

「ふ、んぁっ……！」

ささやかな開放感で喉を鳴らしつつ、腿とふくらはぎのぶつかり合う感触で、我へ返る。

直後、むず痒さの正体が、はっきりわかった。

「え、ぁ……えっ……!?」

自分でも知らないうちに、彼は勃起していたのだ。

それも半勃《だ》ち程度ではなく、肉竿が真上を仰《あお》いでいる。膨らんだ亀頭もトランクスの裏地へ押しつけられ、鈴口周りには、先走り汁と思しきヌルつきすら感じられた。

「な、なんで……僕……っ」

水っぽい匂いがアトリエ内へ漏れていそうで、泣きたくなってくる。

そこへ百音の嬉しそうな声が届いた。

「あー、やっぱりわかってなかったんだね？　さっきから晶クン、ワンピースの裾をおち×ちんで盛り上げちゃってたんだよぉ？」

「……どうして、教えてくれなかったんですか……っ」

つい恨み言を吐いてしまった。だが指摘されたらされたで、やっぱり恥辱の念は振り切れただろう。

百音も悪びれずに言葉を継ぐ。

「だって、テーマは背徳感だもん。エロい姿をちゃーんと見せてもらわなくちゃ？」

「え……」

「あたし、君がそうなるようにわざと圧をかけてたんだよ。んふふっ、思った以上に効《き》いたねぇ？」

彼女はそこから、いっそう甘い声色《こわいろ》で求めてきた。

「さあ、晶クン、あたしに続きを描かせて？」

「……いやですっ。もう勘弁してください……」

いくら約束だろうと、これ以上付き合えない。晶はすっかり心が折れていた。

だが、美女からの要求は、逆にエスカレートだ。

「だーめ。ほらほら、立って？　それからスカートを捲《まく》って、おっきくなったおち×ちんで下着が持ち上がってるところ、あたしに見せて？　もしも言うことを聞いてくれないならぁ」

大きな瞳が不穏《ふおん》に光る。

「今すぐ君の写真、ネットに拡散しちゃうよ？」

そう言いながら、彼女は傍《かたわら》にあったスマホをかまえた。

距離は三メートルほど離れているし、足腰へ力が入らない晶では、飛びついて撮影を妨害するなんて、絶対に不可能だろう。

「わ、わかりましたから……っ、脅《おど》かさないで、くださいっ……」

少年は仕方なく立ち上がり、水色ワンピースの端を摘まんだ。トランクスが見える手前の高さまで、ヒラヒラした裾をたくし上げた。

だが、この程度では百音も許してくれない。

「ささっ！　ガバッといっちゃおー！」

「ん……うぅうぅっ！」

ヤケクソ気味に、晶は服を捲った。

途端にカシャカシャカシャ！　スマホの撮影音が、アトリエ内の空気を震わせる。

「ひ、ひどいっ！　僕、言うとおりにしたんですよっ⁉」

甲高《かんだか》く悲鳴を上げれば、百音もしれっと告げてきた。

「あたし、お願いを聞いてくれなければ写真を拡散する、って言っただけだよ？　撮らないなんて、一言も約束してないじゃない」

「ずるい、です……！」

だが、これで弱みを握られてしまった。こんな写真をばらまかれたら、明日から人目に怯《おび》えて暮らさなければならない。

百音は木炭を持ち直し、

「ふふっ、すごいね、晶クンは……どんどんイメージが膨らんでくるよ……っ」

「ううっ……ううう……っ」

この望まぬ賞賛《しょうさん》に、晶は赤らむ顔を伏せた。しかし、そうなれば己の姿が視界へ入る。持ち上がった裾も、ど真ん中が盛り上がったトランクスも——。

（……どうして？　どうしてこんなことになったの？　僕、悪いことなんて何もしてないのに……っ）

堪らず瞼を閉ざせば、涙が一筋、頬を伝った。

その間にも、頭は痺《しび》れつづける。足元はさっき以上におぼつかなくなる。

「はぁっ……ぁっ、はぁぁうっ……や、やだ……ぁ……っ」

亀頭や裏筋では、濡れたトランクスの当たるこそばゆさがピークへ達していた。せめて、感触を紛《まぎ》らわそうと腰を揺すってみるものの、布地は粘膜へ張り付いて離れない。むしろ、牡の弱点をヌルヌル擦り立て、よけいに悩ましさを募《つの》らせる。

「あ、くふっ……ぼ、僕……こんなの……駄目、なのにぃ……っ」

このままでは立ったまま、女装したまま、下着を穿いたまま、射精へ行き着いてしまう。

そうなったら、百音は嬉々《きき》として、果てた直後の場面を、紙とスマホへ残すだろう。

――お願いです、誰でもいいから助けてください！

だが、そう念じつつ、熱で浮かされた晶の腰の振れ幅は、無意識に大きくなっていた。

それは性感を散らすためか、あるいは――。

やがて百音の言葉が、彼を現実へ引き戻す。

「……さて、今日はここまでにしよっか。晶クン、お疲れ様ぁ」

「あっ…………は、はい……っ」

刹那《せつな》、晶は安堵《あんど》より先に、名残《なごり》惜しさを感じた。

もちろん、すぐ理性が戻り、己の不条理さを悟る。

（ぼ、僕っ……今、何を考えてたの……っ!?）

まるで百音へ乗せられて、特別な趣味へ目覚めかけているみたいだ。

そう思うと、全身の毛穴が縮こまった。

それに正気へ戻れても、ペニスはまだ元気にそそり立っている。手だって強張《こわば》って、なかなかワンピースを放せない。

「く、うっ」

晶は屈伸《くっしん》させるように指へ力を籠め直し、どうにか両手を開いた。途端に水色の裾がフワッと落ちて、トランクスを隠す。

百音も、おもむろに椅子から立ち上がって、大きく伸びをした。

「んー、初回から飛ばしすぎちゃったかもね？　じゃあ、お詫《わ》びにさ、君を男の子へ戻してあげよっか？」

「ど、どういう意味、ですか？　僕は……今だって、ちゃんと男です……っ」

晶は抗議のつもりで目を上げ直した。だが、何か新しいことを企《たくら》まれていそうで、それが怖い。

案の定、彼女は一段と艶っぽく微笑む。

「あたしがねぇ、君のおち×ちんをイカせてあげるの。君だって、あたしをモデルにしたがったぐらいだし、多少は魅力を感じてくれたんでしょ？」

「え、あ、あのっ……？　だって……！」

いくら性的に弄《もてあそ》ばれたあとだろうと、この提案は、晶の理解を超えていた。

にもかかわらず、百音はどんどん話を広げてしまう。

「まあ、初めから生でするのもアレだしぃ？　今日は胸でしてあげようかと思うんだけど……どうかなぁ？」

挙句《あげく》、トレーナーまで脱ぎだした。

厚手の裾は躊躇《ちゅうちょ》なくたくし上げられて、括《くび》れた臍《へそ》周りだけでなく、ブラジャーまで一気に露出する。

「えっ……!?」

晶は目を剝《む》いてしまった。シャツの類《たぐい》を、百音は中に着ていなかったのだ。

ブラのカップは半透明のレースで飾られながら、燃えるように赤く、インパクト抜群だった。

さらにカップで抑えられた膨らみも、トレーナー越しに見るよりずっと大きい。おそらく晶が両手の指を広げたって、全部を捕まえるなど無理だろう。

「んふっ。晶クン、さっそく男の子の顔へなりかけてるねぇ」

上着を脱ぎ捨てた百音は、退廃《たいはい》的に笑いながら、深紅《しんく》のカップを繋ぐホックへ手を掛けた。

途端にホックが外されて、カップは二つとも胸からずれる。残っていた肩紐も、身をくねらせる動きによって、腕まで下ろされる。

これで大胆な下着は、呆気なく床へ落ちてしまった。

「わ、わわ……っ」

さらけ出された爆乳を前に、晶は腰が抜けそうだ。

色白の柔肉はズッシリとボリュームたっぷりなのに、下着の支えが無くても、丸っこく盛り上がる。

さらに頂《いただき》では、茶色がかった乳首と乳輪が目立った。どちらも生々しく、かつ麗《うるわ》しい形で、特に乳首なんて、男心をそそる餌さながらに尖《とが》りかけている。

「は、んうっ!?」

晶は思わずペニスを弾ませて、直後に爆《は》ぜた痺れで、立ったまま前かがみとなった。今や、トランクスとの摩擦は劇薬さながらだ。亀頭の神経が裏返りそうですらある。

百音も気をよくしたように、一歩ずつ彼へ近づいてきた。その間、身体を隠そうとしないから、爆乳は踏み込む動きによって、ユッサユッサと重たく躍った。

そんな彼女が真正面へ来れば、姿勢を崩《くず》しかけの晶は、頭から見下ろされる格好となる。

「ぅ、あ……っ」

すがるように目線を返すなり、あっけらかんと質問された。

「どう？　どう？　あたしのおっぱいで……イキたいかなぁ？」

晶は生唾を飲み、一拍後にぎこちなく口を開いた。

無理だ。主導権を握られ、こんなすごいものまで見せられたら、逆らえるはずがない。

「イキたい……です……百音さんに、イカせてほしい、です……」

「ふわぁっ」

まるで脇腹でもくすぐられたように、百音が声を弾ませた。それから彼女は、晶の肩へ手を掛ける。

押されるままに晶が後ろの壁へ寄りかかれば、少しは体勢も安定した。もっとも、上体を起こしたために、またも牡肉がトランクスへ押しつけられる。

「ふ、くっ……」

とっさに眉間へしわが寄った。

すると、百音は茶髪を揺らしてしゃがみ込み、

「裾、また持ち上げて?」

「は……い……っ」

晶のほうも従順《じゅうじゅん》に、一度は手放せたワンピースの端を、再び自分で持ち上げる。

次の瞬間、百音は晶の下着の端を掴《つか》み、縫い込まれていたゴムを引き伸ばした。挙句、自分が脱いだときと同様、ごく自然な手つきで勃起ペニスを外へ導き出す。

「おおっと。脚はスベスベで可愛いのに、ここには毛が生えてるんだねぇ」

「あっ……」

女装少年が露出を意識できたのは、百音に笑われたあとだ。

平時なら、彼の若い亀頭へは、わずかに皮がかかっていた。だが、完全に膨らみきった今、牡粘膜は包皮をすっかり押し退《の》けている。現れたカリ首の段差も大きく、緩

んだ鈴口から洩《も》れる先走り汁は、竿のほうまで濡れ光らせていた。

さらに百音の指摘どおり、付け根周りには細く縮れた陰毛が生えて、汁気を吸ったその様は、どこか絵筆と似ている。

「晶クンてば、なかなか立派なものをお持ちですねぇ？　太さは普通かもだけど、ながぁく伸びて……これならおマ×コの一番奥へ、しっかり届いちゃうと思うよ？」

「そ、そう、ですか……？」

自分の外見に引け目がある晶だから、男の部分を評価されると、こんな状況でも気になってしまう。

百音も太鼓判を押すように頷いて、

「玉袋も立派だよぉ。やっぱり大きいほうが、精液をいっぱい作れるのかな？　ね、どう思う？」

「わ……わからない、です……」

そんなの、考えたこともなかった。

だが、百音は正解など求めていなかったらしい。ニンマリ口角をつり上げて、さっさと次のステップへ進む。

「じゃあ、あたしが胸でしてあげるよ。晶クンは脚を曲げて、おち×ちんの高さを合わせてね？　それから……服は押さえ続けなきゃ駄目だよぉ？」

「う、はい……っ」

少年は注文されたとおり、ペニスの高さを数センチ下ろした。いまだに腿は震えかけだが、壁へ体重を分散させながらだと、なんとか姿勢を保《たも》てそうだ。

「はぁい、ストップ」

どうやらやりやすい位置になったらしく、百音が呼びかけてきた。

晶も慌ててブレーキをかける。直後、百音の両手は彼女自身のバストへあてがわれ、上体は前へ傾けられた。

ムニッ、フニフニッ――ふくよかな谷間が開かれるのは、思わず固唾《かたず》を飲んでしまう光景だ。

さらに二つの曲線が寄せ直されてペニスを挟むや、極上の柔らかさは温もりや重みとセットになって、丸ごと牡の快感へ変わった。

「は、ぅうっ!?」

晶はわななき、股間を前へ突き出してしまう。

この反応を利用して、百音もさらなる深みに、男根を迎え入れていく。併《あわ》せて、手の位置を爆乳の脇へ移し、両側からの圧力まで強めはじめた。

美麗だった二つの丸みは縦へ潰れ、節くれだった竿にも、エラの凹凸にも、亀頭の張り詰めたラインへも、みっしり形を合わせてくる。悩ましい面積を、数倍にまで広げる。

「は、ぁ、ぁぁあっ……！　そんな……いきなりっ⁉」

晶は少女めいた喘ぎをこぼし、繊細な童顔を歪《ゆが》ませた。

自在に形を変える豊乳相手に、彼の亀頭やエラはひしゃげんばかりだ。のみならず硬い竿まで、粘土細工みたいに変形させられそう。

しかも晶が刺激へ慣れることのできないうちから、百音はスライドじみた動きまで交《まじ》えだす。

我慢汁で滑りやすいのをいいことに、右のバストは真っすぐ上へ向かった。反面、左バストは下へ走った。

と思いきや、直後には右乳房が落下して、左の乳房が上昇だ。

「く、はうぅうっ⁉」

晶からすれば、エラを持ち上げられるのといっしょに、竿の表皮を根元まで伸ばされる。

しかも、互い違いのこの動きは、ノンストップで連発されだした。

右、左、右、左。こうなると魅惑的な爆乳も、牡肉を弄ぶための道具となり果てる。

「だ、駄目っ、ですっ……そのやり方っ、僕には早すぎて……く、んぅううっ⁉」

晶が霞《かす》む目で見下ろせば、柔肉は我慢汁の光沢を帯《お》び、肉幹へ巻き込まれるままに合わせ目を内向きへ歪ませていた。あるいは上へグニグニはみ出させた。

ましてて少年は、自分のワンピース姿まで同時に見てしまう。

「百音さんっ……お、おかしいんですっ！　僕のおちんっ……ぅくっ……か、身体っ……！　こんなに痺れたことっ……今までないっ、のにぃい……っ！」

膝はガクガク痙攣《けいれん》するし、手の内にも汗が滲《にじ》む。

せめて、しっかり摑めるものを求めて指を曲げると、爪が水色の布地へ食い込んだ。

皮肉なもので、女物の衣装の感触こそ、今の彼の数少ない拠《よ》り所なのだ。

さらに尻もちを防ぎたくて腿へ力を入れ直せば、下半身の震えがよけいに大きくなった。

この悪戦苦闘がおかしかったか、百音が含み笑いを漏らす。

「すごいおツユの量だよねぇ？　いやらしい匂いもいっぱぁい……ん、うふふぅっ」

積極的に乳肉を使いだしたせいか、彼女も少しだけ呼吸を乱しはじめている。

とはいえ、余裕なら十分残しているらしく、胸の使い方がまたもや大きく変わった。

今度は二つの丸みがぴったり並べられ、左右いっしょに持ち上がる。引っこ抜かんばかりの勢いで長々とエラを捏《こ》ね回し、たわわな谷間の下端が鈴口へ差しかかったら、一気にIターンで、根元めがけて肉幹を扱《しご》く。

このやり方も、一回や二回程度では終わらなかった。むしろ、ここからがメインとばかり、我慢汁をベチャベチャ鳴らして、行き来の速度を上げていく。

「うあっ、も、百音さぁ……んんぅっ!?」

「せっかくエッチしてるんだもん。まだまだイクのは……不許可だからねぇっ?」

「そんなっ……そんなぁっ……!」

少年が初めて味わう肉悦は、もはや拷問さながらの苛烈《かれつ》さだった。

なのに、百音は射精を許してくれない。動きは過激化の一途《いっと》なのに、もっと粘れと無茶振りしてくる。

「ん……ふふふっ！　頑張れっ……頑張れっ、男の子……っ、踏ん張れ、踏ん張れ、おち×ちんっ……！　ほーら、しこしこっ、しこしこっ！　しこしこシコシコっ！」

節をつけて囃《はや》しながら、彼女は両手と爆乳だけでなく、腰まで浮き沈みさせた。そうやって片道ごとの距離を伸ばし、さらなるストロークで牡肉を磨くのだ。

晶は竿の表皮を限界まで引っ張られて、亀頭とカリ首がオーバーヒートを起こしそうだった。

「ん、ふぅううあっ！　ゃ、んっ……はぐぅうっ！」

もはやなりふりかまっていられず、彼はワンピースの裾へ歯を立てる。無様《ぶざま》な呻《うめ》きを呑み下し、息む力も強めなければ、不許可と言われた射精まで待ったなしとなってしまう。

さらに引き攣《つ》る瞼を無理やり閉ざし、美女の痴態をシャットアウトした。

しかし、百音はこれとタイミングを合わせ、ぴったり寄せた爆乳二つ、右へ左へと傾けだす。付け焼刃の抵抗なんて無駄だと告げるように、硬い竿の底をほぐしてくる。

「はぐっ、うっ、ひぅううっ!?」

さっきまでの、バストが上下するだけのときは、エラから先を持っていかれそうだった。今度はそれに加えて、竿のほうまで、根元からすっぽ抜けそうだ。シェイクされた尿道はますます緩み、亀頭へかかる圧迫も、右が強まり、次いで左が強まった。

「ひぉあむっ、うぐ、ぅううっ！　ふ、ぅうううんっ!?」

「どぉっ、晶クンっ……男の子の気分に、戻れそうっ？　う、ふふぅっ、戻れそうだよね？　こんなにおち×ちんっ、元気なんだもの……っ！　ほらほら、もっと頑張ってぇっ！」

射精するなと言うくせに、百音のやり口は明らかにラストスパートへ入っていた。

しかも、そこから扱く動きまで復活し、亀頭へも、エラへも、肉竿へも、我慢汁をしつこく擦り込んでくる。

「はっ、あっ、あぅううっ!?」

晶も彼女の動きと息を合わせ、不格好に膝を屈伸させはじめた。

とはいえ、こんなにやられっぱなしのままで、芯の通った気概《きがい》なんて取り返せるはずがない。彼が動くのは、快楽に敗北したためだ。

ごめんなさい、ごめんなさい、百音さんごめんなさい……!

僕、もうイキます、イッちゃいます!

口がふさがっている分、心の中で詫びながら、晶は腰を波打たせ、ワンピースの裾を小鳥の羽根みたいに揺さぶった。

彼の牡粘膜は極限まで痺れて、竿も内から弾けそうになっている。腰遣いが稚拙《ちせつ》だからこそ、カリ首はときに思いがけないタイミングで両側の膨らみへめり込んで、焦《こ》げつくようにきつく疼《うず》いた。

やがて、尿道が開き切り、奥から子種がせり上がってくる。

「う出っ……! む、う、んくぅううううふっ!?」

最後にペニスは、晶自身の硬直で、乳肉の隙間へねじ入れられた。

そのせいで、鈴口が包囲から躍り出て、マゾヒスティックな疼きは特大の起爆剤と化す。

ビュクッ、ビュクビュクッ、ドクドクドクッ！

射精が無節操《むせっそう》に始まれば、ゼリー状の白濁は、百音の顎と喉にへばりついた。

肌を打たれた百音のほうも、感極まったようにペニスをかき抱いてきた。

「ふぁあっ、ん、んぅうっ……！　出すなって言ったのにぃっ、晶クンってば、ぁあんっ！」

言葉自体は文句じみているが、声音《こわね》はすこぶる上機嫌だ。のみならず、自分の乳房まで揉みつぶさんばかりに、両手の力をまた強める。

おかげで晶も絶頂の法悦へ、圧倒的な重みを追加された。

「く、ぅっ、んふぅううっ!?」

こってりした精を吐く開放感と、搾られつづけの閉塞感《へいそく》。相反する二つによって、彼の心は炙《あぶ》られつづける。

そんな無惨な余韻《よいん》が十秒以上も続いた末、ようやく百音が拘束を緩めてくれた。爆乳は何本もの粘っこい糸を引きつつ、男根から離れ、

「ふ、ぁっ……」

女装少年の胸を満たすのも、開放感一色となる。というより、股間が軽くなったせいで、踏ん張りが利かなくなった。

彼はズルズルと背中を壁に擦りつけ、裾が捲れた恥ずかしい格好のまま、アトリエの床へとへたり込んでしまったのであった——。

絶頂から数分が経つと、晶も少しは我が身を振り返れるようになった。

といっても、こみ上げてくるのは情けなさだ。

女子の服を着せられ、いいように弄ばれ、ついには半泣きで自分から動いてしまった。

(僕……なんてことやっちゃったの……っ)

こんな初体験はあんまりで、一生ものの十字架を背負わされた気さえする。

それでいて、ザーメン塗れのペニスは大きいまま、ワンピースの陰でピクッピクッと脈打っていた。

一方、百音の振る舞いは慣れており、ゆっくり立ち上がって机のほうへ行くと、そこにあったウエットティッシュで胸の汚れを拭《ぬぐ》う。それから、ブラジャーとトレーナーを着け直し、晶の許へ戻ってくる。

「さぁて、君のおち×ちんも綺麗にしてあげるね？」

いそいそと屈《かが》んだ彼女の右手には、新しいティッシュだ。さらに左手が、水色ワンピースの端を持ち上げる。

「あ、あのっ……僕、自分でやりますからっ……」

このまま呆然自失《ぼうぜんじしつ》でいたら、再び逸物を玩具《おもちゃ》にされてしまう。晶は慌てて両手で股間をかばうが、百音は聞き入れてくれなかった。

「駄目だよぉ？　イクなって言ったのにイッちゃったお仕置きと思って、あたしに任せてねぇ？」

「でも……っ」

次の瞬間、廊下と通じるドアの向こうで、別の声がした。

「姉さん、今日は家にいたの？　だったら晩御飯をどうするか、決めておきたいんだけど」

「な……っ!?」

晶はいっぺんに血の気が引いた。

声の主は間違いなく、美術部の顧問、有倉知佳だったのだ。

「ど、どうして、先生が……っ……」

思わず唸《うな》れば、百音が室外まで届かないほどの小声で耳打ちしてくる。

「あー、ごめんね？　あたしってば、知佳の姉なんだよぉ」

「……え……っ」

百音の笑みは、してやったりといわんばかりになった。

「実は晶クンのこと、とっくに知ってたの。前に買い物してる途中、君を見かけた知佳が、あたしに教えてくれたからね？　で、昨日は君に嘘の苗字を教えちゃった。だって知佳との関係がわかってたら、女装なんて引き受けてくれなかったでしょお？」

「あ、当たり前ですっ……」

「でも、あたしにはいい絵を描くことこそ、最優先だから。必要なら、ちょっとぐらいのズルだってしちゃう」

「そんなぁ……」

芸術に関する彼女のスタンスは、常識をだいぶ逸脱《いつだつ》していた。

しかもこの会話の間に、知佳がアトリエ内の反応のなさを怪しんだらしい。

「姉さん、音がしてるんだし、いるのよね？　入るわよ？」

あとは返事も待たず、ガチャリとドアを開けてしまう。さらにアトリエへ踏み込ん

できて、

「あ……」

すぐに切れ長の瞳で、晶の存在を捉えた。

彼女は呆気に取られるし、晶だってこの場から消えてしまいたい。

（終わった、僕の人生……もうおしまい、だよ……っ）

性の匂いが濃厚な気まずさのなか、動じていないのは百音だけだった。

「んーと、晩御飯の話だっけ？　だったら今日は塩系のパスタがいいなぁ」

そのあまりにぬけぬけとした発言で、知佳もまなじりをつりあげる。

「後藤君に何をしたのっ！　姉さんっ！」

声の響きは、今まで晶が聞いたこともないほど険《けわ》しくて、空気をビリビリ震わせた。

自分が怒鳴られたわけでもないのに、

（ご……ごめんなさい！　ごめんなさいっ！）

晶はもうちょっとで、知佳へ詫びを入れてしまうところだった。

第二章　秘蜜の契約

知佳は一直線に百音へ歩み寄った。

「どういうつもりっ？　まだ成人もしていない相手へこんなっ……犯罪よっ！　それも私の生徒に！」

犯罪——その物騒《ぶっそう》なフレーズから、晶は現状のマズさを実感させられる。

しかし、身を竦ませる彼と違い、百音は涼しい素振りを崩さなかった。

「晶クンには、あたしのモデルをやってもらっただけだよぉ」

「そんなわけないでしょう！　どうして絵を描いていて、こ、ここまでいやらしいことになるのっ!?」

「だってモデルの内面は、いろんな角度から見たいじゃない？　それは知佳だって同じで——」

「いっしょにしないで！」

姉の言葉を、知佳は鋭く遮《さえぎ》った。

「私は分別を持って人と接するし、性欲の言い訳に、創作を持ち出したりしないから！」

「そお？　だけどあたしだって、晶クンとは合意の上でヤッてるよ？」

「何を馬鹿なこと言って……ってそうなの？　後藤君？」

知佳の顔つきは途中で気遣い混じりに変わり、晶のほうへ移された。さらに彼女は床へ膝をついて、宥《なだ》め口調で問いかけてくる。

「私、後藤君を罰したり、学校へ報告するつもりなんてないわ。だから正直に教えて。あなたは姉さ……ううん、この痴女に騙《だま》されただけなのよね？」

「え……あ、あの……」

たとえ相手の態度がきつくなくとも、矛先《ほこさき》を向けられると萎縮《いしゅく》してしまう。晶はスカート部分を押さえつつ、力なく目線を落とした。

「ぼ……僕、昨日、百音さんにデッサンのモデルになってもらって、それで……代わりに僕もモデルをする約束を、して……。今日、ここへ来たら、この服を着ることに……なっちゃって……」

つっかえつっかえ答えるや、知佳はキッと百音を見上げた。

「やっぱり、おとなしい彼を言いくるめて、好き勝手に振り回したんじゃないの！」

「……そうなるかなぁ？」

「決まっているでしょう！」

それから彼女は荒い息をどうにか整え、晶へ言い聞かせた。

「詳しい話は、君が落ち着いてからにしましょう。とりあえず服装を戻して、それが済んだら私の部屋へ来て？　場所はこのアトリエへ来るまでにあった階段を上って、突き当りだから」

「は、はい……」

その階段だったら、晶も先ほど目にしている。

返事を聞いた知佳は、勢いをつけて立ち上がり、百音の手首を掴んだ。

「姉さんは私といっしょにアトリエを出て」

「ちょっと、ちょっとぉっ、痛いってばっ」

そうとうな力がかかっているらしく、百音は本気で呻いていた。さらに初めて、表情へ不服そうな気配を混じらせる。

「知佳こそ、あたしたちの間の『決まりごと』、忘れてないよね？」

途端に激昂《げきこう》していた知佳が、怯《ひる》む気配を見せた。一瞬、両者の立場が逆転しかけたようですらあった。

「……わかっているわよ。でも、私は造形作家である前に、一人の教師なの」

「わあ、立派」

「茶化《ちゃか》さないでっ」

この会話がどういう意味を持つのか、晶も気になった。しかし尋《たず》ねるほどには、体調が回復していない。

そこへ、百音が思わせぶりな流し目を送ってくる。

「知佳はこんなふうに言ってるけどねぇ、モチーフの追求に関しては、あたしと同じぐらい欲張りなんだよ？　君も気をつけてねぇ？　部屋へ行くなり、パクッと食べられちゃうかも」

「姉さんはもう黙っていて！」

知佳は調子を戻し、百音を一喝《いっかつ》した。晶へも再度の労《いた》わる表情だ。

「私は今言った場所で待っているわ。その……きつかったら、今日は無理に話をしなくてもいいからね？」

「は、はい」

晶が頷けば、彼女は姉を罪人さながら引っ立てて、アトリエから出ていった。

もつれ合うような彼女らの後ろ姿を見送ったあと、

「……ふぅっ……」

晶はどうにか肩の力を抜く。

知佳に見つかった瞬間こそ絶望感に襲われたものの、彼女が優しかったおかげで、気持ちを立て直せそうだ。

(……早く着替えないと……)

自分に言い聞かせ、彼はノロノロとワンピースを脱ぎはじめたのであった。


二階へ上がると、知佳の部屋がどこかはすぐわかった。

その木製のドアの前に立って、晶は逡巡《しゅんじゅん》と共に己の格好を見下ろす。

すでに股間と下着の汚れはティッシュで清め、服だって本来のものへ戻した。しかし身体からは、下品な残り香《が》が漂《ただよ》う気もする。

(どうしよう、今日は無理に話さなくていいって言われたし……)

このまま帰ってしまっても、あとで連絡を入れれば、知佳はわかってくれるだろう。

だが一時的に逃げたところで、いずれもろもろ、告白しなければならないはずだ。

結局、彼は諦めて、顔の高さでノックした。

「後藤君よね……どうぞ、入って？」

知佳の返事は穏《おだ》やかだ。

それで晶も、おずおずドアを引き開ける。

「わ……っ」

図《はか》らずも踏み込むこととなった顧問の私室を見るなり、うっかり声を漏らしてしまった。

そこは適度に整頓された、機能的な空間だ。といっても堅苦しくはなく、上品な家具類がバランスよく並んでいる。クリーム色の壁には、額入りの抽象画が掛けられていた。

落ち着いて見えるのは、そこかしこに部屋の主のセンスが表れるからだろう。

ただ唯一、ローテーブルの上の電気ケトルは、使い古しのパステルカラーが周りから浮いていた。しかし、これはきっと、生徒へ飲み物を振る舞おうと、キッチン辺りから持ってきたものだ。その証拠にテーブルへは、凝った意匠《いしょう》のティーカップとソーサーも、空のままで置かれていた。

ちなみに、いるのは知佳だけで、百音の姿は見当たらない。

「あの……百音さんは？」

「本人の部屋へ放り込んできたから安心して……いえ、ごめんなさい、後藤君。姉に代わって、私が謝るわ」

「そんなっ、先生は何も悪くないですからっ……」

晶は慌てて両手を振った。

だが、知佳の表情は晴れない。彼女は後ろめたそうに、床上のクッションを手で示した。

「まずは座って？　話せる範囲でかまわないから、ここまでのことをもうちょっとだけ教えてほしいの」

「わかりました……」

晶も言われたとおり、腰を下ろす。

それから、およそ十五分が経過して——。

「……というわけなんです」

晶は勃起してからの流れをぼかしつつ、無難な範囲のあらましを語り終えた。

途中で何度かつまずきかけたものの、昨日からの流れを言葉にしてみれば、多少は感情を整理できる。

といっても、これからどうすればいいのかわからなかった。起こったことをやり直すなんて不可能だ。女子の格好で射精させられた事実は、もう消せない。

対する知佳は、内容を吟味《ぎんみ》するような間を置いたあと、「そうだったの……」と溜息《つ》を吐いた。

彼女も今はクッションに座っている。注がれたテーブルの上の紅茶は、二つとも手つかずで冷めていた。

「わたしが学校で聞かせた『運命の出会い』なんて話も、君を惑《まど》わせる原因になってしまったのね……」

「違いますってばっ」

尊敬する顧問が自罰的なのを見たら、晶だって引っ込み思案《じあん》ではいられない。

「有倉先生は僕を心配してくれただけです……っ、も、百音さんの条件を断りきれなかったのだって、僕が悪いんです……っ、それに、僕……僕は……っ……！」

——そうだ。デッサンの途中から、自分は恍惚《こうこつ》に近い状態へ陥《おちい》っていた。しかも昂りを引きずって、恥も外聞《がいぶん》もなく百音のバストをねだってしまった。

だけど、すべてを知佳へバラすには勇気がいる。真実を語って、もし侮蔑《ぶべつ》の目を向けられたら、死んでしまいたくなるに違いない。

このセリフの不自然な途切れ方に、知佳も戸惑ったようだ。

「どうしたの、後藤君？」

「あの、いえ……ええと……っ」

「無理に言わなくてもいいけれど、もしも吐き出して楽になれるなら、遠慮なく私に教えてね？」

知佳は励ますように、そう言ってくれた。

おかげで晶も決心がつく。

大丈夫、有倉先生なら受け入れてくれる。悩みの乗り越え方だって、教えてくれる――！

彼は腿の上で拳《こぶし》を握り、抑え気味の口調で告げた。

「僕……百音さんにされたこと、途中から嫌じゃなくなっていたみたいです……あの、エッチなことだけじゃなく……もしかしたら、女の人の格好をさせられたことも……」

「そうなの？」

「はいっ……なんだか夢を見ているみたいに、頭がぼうっとなって……ぼ、僕、この先、どうなっちゃうんでしょうかっ？」

「待って、ちょっと落ち着いてね……っ」

正面から身を乗り出され、知佳もさすがに慌てたようだ。とはいえ、晶が恐れたような、見下す態度にはならない。表情もすぐ導く立場のものへ戻る。

「後藤君……今までに誰かと性的な何かをしたことって、ある？」

「な、ないです、そんなこと……っ」

「だったら、姉としたことは、もう考えないのが一番だわ。あなたは初めて異性に迫られて、パニックへ陥っただけなの。時間が経てばいつもどおり、頑張り屋の君に戻れるわよ。もしくは……泣き寝入りせず、徹底的に姉と争うかだけど」

「……でもっ」

それで本当に「日常」へ戻れるだろうか。

絵を描けなくなったときも、ジッとしていたら悪い想像だけが膨らんだのだ。

「……僕、できればもっと違うことを試したいです。何かいい考え、ありませんか？先生が言うなら、僕、どんな内容だって実行しますっ」

この無防備な信頼と訴えに、知佳は「……っ」と小さく喉を鳴らした。さらに少し目を泳がせかけてから、上ずり声で尋ねてくる。

「……だったら……女装へ慣れてしまうのはどうかしら？」

「ええっ⁉」

さすがに予想外の提案だった。

しかし、知佳も思いきったように、目線を晶へ据《す》え直す。

「聞いて、後藤君。ワンピースを着るぐらい、本当はどうってことないのよ。最近は男子のファッションだっていろいろだもの。それに君が女装を変だと思わなくなれば、姉の創作意欲だって薄れるはずよ。さっき廊下で問い詰めたら、今回は背徳感がテーマだって言っていたの。平凡とか、当たり前とか、背徳感と正反対でしょう？」

「……それは、そうかも、ですね……」

ひとまず頷きつつ、晶は二度目の女装をする自分を、脳内で思い描いてみた。今度は知佳を相手に、さっきみたいな姿を披露するのだ。

途端に湧《わ》いてきたのは、拒否感よりも、むしろ悦びだった。

(なんでっ？　僕、本当におかしくなっちゃってるの……っ⁉)

だが、ここまで気持ちが騒ぐのは、女装を特別と捉えすぎているためかもしれない。

今言われたように、これぐらい当たり前と割りきれれば、歪んだ情動から抜け出せるのではなかろうか。

うん、見てほしいからやるのではなく、あくまで練習的な意味合いと考えて――。

そこで念を押すように、知佳から顔を覗き込まれた。

「今のアイデア、どうかしら？」

「は、はいっ……やってみたいですっ……！」

もっとも、晶はそこで別の問題へ思い至った。

「あ……先生はどういう衣装を試すのがいいと思いますか？　僕、高い服なんて用意できませんけど……」

何しろ、百音への土産を買うだけでさえ、財布と相談する必要があったのだ。

「……うーん」

知佳も考え込む素振りを見せてから、探るように聞いてくる。

「私が昔買った服とか、着てみる？　それなら簡単に用意できるけれど……」

「うえっ⁉」

知佳の使用済みの服を借りるなんて、これまでとは別の意味で、顔が火照《ほて》った。

だが、女性の中でも背が高めの知佳と、男子としては小柄な自分なら、サイズがギリギリ合うのも事実だ。

晶はわななく口を開き、頭をぺこりと下げた。

「お、お願い、します……先生っ！」

こうしてまた一歩――。

彼は前へ踏み出したのであった。


祝日である月曜を挟んで、次の火曜日。

晶は夜の美術準備室で、複雑な心境へ陥っていた。

他の部員たちが帰るのを待って、彼がこっそり身に着けたのは、知佳が持ってきた衣装だ。今、自画像用の鏡へは、知らない者が見たら少女としか思えないであろう華《きゃ》奢《しゃ》な姿が、ばっちり映っている。

とはいえこの服、オーソドックスと呼ぶにはアクが強い。

何しろ、上は髑髏《どくろ》がプリントされた黒シャツと、フード付きの黒パーカーだ。さらに下はプリーツが入ったチェック模様の赤いスカートで、脚の大部分はストライプ模様のニーソックスが覆う。

加えて首には、革製のチョーカーまで巻き付いていた。

要するに、ライトなパンクふうというか、ゴスロリふうというか。

晶が頭へ目を転じれば、そこにはセミロングのウィッグがある。しかも、前髪に赤いメッシュが一筋入って、ゴスロリのイメージを強めていた。

正直、知佳とはイメージが合わないし、自分が着るための衣装としても想定外だ。

「先生って……学生時代はこういうのを着ていたんですか……?」

鏡を見ながら聞いてみれば、隣の知佳も、ライトグレーのパンツスーツ姿で気まずそうに苦笑する。

「……これね、前に創作の参考で買ったんだけど、友だちから大笑いされちゃって。以来、ずっと洋服ケースにしまってあったのよ」

そこで彼女はいったん言葉を切り、弁解するような早口で付け足した。

「まあ、ちょっと飛ばしすぎた気はしているわ。ただ、考えてみたら私、女子らしい服をあまり持っていないの。でも君の練習で使う以上、姉さんがやったより派手なコーディネートでなきゃ、効果が薄いだろうし……」

「……そ、そうですね」

他に返事しようがなく、晶は己を飾る各パーツへ、もう一度目を向けた。

赤いスカートの丈は、先日のワンピースよりも際どいだろう。ニーソックスは伸縮性を発揮して、脚の細さを浮き立たせる。

チョーカーなんて着けたのも初めてだが、まるでペットの首輪みたいと思えてしまった。

しかもシャツの胸に至っては、年ごろの少女らしい形に膨らんでいる。ささやかな丸みの正体は女装用パッドで、二つ並んで胸板に張りついたそれを、伸縮性のあるスポーツブラが、ぴったり押さえているのだ。

（……僕、女の人用の下着まで……）

そう思うと、女装を当たり前と感じるどころか、胸が高鳴ってしまう。

とはいえ、羞恥が募る反面、モデルをしていたときのような眩暈《めまい》は起こらなかった。

理由はすでにわかっている。百音がアトリエで言っていた。

――あたし、君がそうなるようにわざと圧をかけてたんだよ。

つまり必要なのは、女装への慣れだけでなく、強い視線との組み合わせに対する免《めん》疫《えき》らしい。

知佳が向けてくる目では、あまりに優しすぎた。

（それなら……っ）

晶は試しに、人ごみへ放り込まれる自分をイメージしてみる。いつ女装がバレるかわからないシチュエーションなら、否応《いやおう》なく視線を意識させられる。

すると数秒と経たないうちに、アトリエで抱いたのと近い火照りが、わずかながらも身体の芯で湧き起こった。

――これだ。

晶は生唾を飲んで、知佳へ聞いてみる。

「先生……この格好で大通りに出たら、僕が男だって気づかれちゃうでしょうか？」

「後藤君っ？」

知佳も綺麗な瞳を丸くした。しかし意外なことに、彼女はソワソワしつつ、反対まではしない。

「そうね……っ。もう暗くなっているし、君の格好なら問題ないと思うわ……あの……ちょっとだけ外、出てみる？」

「っ……！」

すんなり賛成されて、晶はかえって躊躇《ためら》ってしまう。だが、しばらく迷ったあとで頷いた。

「………はい……僕、挑戦してみますっ」

次の瞬間、薄い胸からはみ出さんばかりに、開放感が膨らんだ。

魂までもが、頭上へ遊離しそうだった――。

晶が女子に扮して歩くのは、自宅の最寄り駅から駅前アーケード街、さらに百音と出会った公園までと決まった。あとは公衆トイレか木陰《こかげ》で学生服へ戻って、何食わぬ顔で帰宅する。

さらにスタートとなる駅近くへは、知佳の自動車で移動だ。

しかし、いざ車が走りだすと、彼も真っ当な判断力を取り戻してきた。

(ひょっとして、僕、すごい綱渡りをしようとしてるんじゃ……?)

この女装を友人に知られたら、百音が言っていたネットでの写真拡散より、もっと大変なことになるだろう。

加えて、いっしょに歩く知佳へも類が及ぶ。

だがそこまでわかってなお、中止しますとは言い出せなかった。

この落ち着かなさを紛らわすため、彼は助手席から聞いてみる。

「そういえば……百音さんとの間の『決まりごと』ってなんなんですか? アトリエで百音さんに言われたとき、すごく動じて見えましたけど……」

それは気になりつつも、尋ねるきっかけがなかったことだ。

知佳はハンドルを握りながら、小さくかぶりを振った。

「気にしないでいいわ。私たち、どちらも自分の作風にこだわりがあるのよ。だから、お互いアイデアを邪魔しない、口出しもしないって、学生の頃に話し合ったの。でないと、当時はつかみ合いの喧嘩になりかねなかったから」

「じゃあ……先生が僕の相談へ乗ってたら、ルール違反になっちゃうんですか？」

「ううん、大丈夫。後藤君は問題の解決だけを考えていてね？」

結局、会話はそこで途切れてしまう。

やがて駅近くまで来て、車は有料駐車場へ滑り込んだ。さらに空いていたスペースで停まり、エンジンをストップだ。

「到着よ、後藤君」

「……はいっ」

ドアを開けて外に出てみれば、晶はむき出しの肌へ当たる空気がむず痒かった。身体が竦んで、鳥肌まで立ちかけた。

もっとも今夜の温度は高めだし、外気だって、学院の駐車場ですでに感じている。

極度のこそばゆさは、緊張が原因だろう。

「やっぱり止めておく？」

聞いてくる知佳も、凛とした顔が強張り気味だ。

しかし、彼女を見た途端、晶はむしろあと戻りできない心持ちが強まった。

「いえっ……行きましょうっ」

この決断により、二人は並んで歩きだす。

幸い、駐車場周りは個人事務所などが多く、交通量も少なかった。だが駅へ近づくにつれて、営業中の店と通行人、どちらも数を増してくる。

「ぁ……ふ、ぅぅ……っ」

晶は見知らぬ相手とすれ違うたび、息が詰まるようになってきた。心臓も早鐘さながらの打ち方で、腋の下は汗びっしょりだ。

街中を女子の姿で歩くスリルは、想像より遥かに大きい。

さらに駅前へ到着したところで、

「ぅわ……っ」

彼の歩みは完全に止まってしまった。

何しろアーケード街となれば、隙間なく並ぶ飲食店やコンビニの照明で、ここへ至るまでよりずっと明るい。こちらの顔や身体つきだって、他人からはっきり見えるだろう。

と、棒立ちになった晶の横を、男子高校生らしき二人組が通り抜ける。彼らは少し離れたあと、こそこそ会話しはじめた。

「なあ、今の二人ってさ……」

(もしかして変だと思われちゃった⁉)

晶はとっさに耳を澄《す》ませた。すると――、

「変な組み合わせだけど、すげぇよくなかった？　特にスーツが似合うお姉様のほう」

「俺は断然、無理して派手な服着てたっぽい子だな。保護欲そそるっつうか、ぶっちゃけエロい」

(え、エロいって……？　僕が⁉)

間違いない。そんな格好の二人連れは、他にいないのだから。

(だけど、同じ男子から、そんな目で見られたなんて……っ)

実感した途端、晶は開きかけの唇から、切れぎれの吐息が漏れた。大勢がいる場所なのに、危《あや》うく前かがみとなりかけた。

「は、ぁうっ！」

すかさず知佳も唇を耳元へ寄せてきて、

「……車まで引き返したほうがいいかもしれないわ」

だが、晶はかすれ声で答える。

「僕、行きます……っ」

すでにこれが練習なんて発想は、頭の中から消えていた。

足取りも夢遊病めいたものとなり、彼は吸い込まれるように、アーケード街へと踏み込んだのである。

けばけばしいほど明るい人工の光の中を歩きながら、晶は一段と意識がグラついた。

「く、ふっ……ぁっ、はっ……ぁぁふっ……！」

喉もどんどん干上がるし、視界は不確かにぼやけてくる。

「後藤君、本当にいけるの？」

「……っ、うっ」

寄り添ってくれる知佳へも、無言で頷くのがやっとだ。

だから、真横のコンビニから急ぎ足で人が出てきたことに、まったく気づけなかった。

「つあっ!?」

「うわっと!?」

肩と肩がぶつかって、晶は後ろへよろけてしまう。すばやく知佳が支えてくれなかったら、しりもちをつくところだった。

一方、相手はがっしりした身体つきの少年で、微塵《みじん》も揺らいでいない。

「あっ、ごめんっ。ケガしなかった？」

「え!?」

呼びかけてくるその声に、晶は聞き覚えがあった。

衝突した相手は、中学時代のクラスメイト——それも当時は毎日会話を交わすほど、仲のよい友人だったのだ。

（み、見られちゃった！　僕、女の子の格好を見られちゃったっ！）

親しい顔と出くわす衝撃たるや、ここまでの比ではなかった。意識もいっぺんに現実へ引き戻され、そのくせ脳天を殴られたように、思考が全然定まらない。

どうしよう、どうしよう、どうしよう——。

だが、まばたきしながら友人を見返すと、相手は純粋にこっちを気遣っているようだ。

「あの……君、大丈夫？」

（バ、バレてないっ……!?）

刹那、急浮上するように気持ちが軽くなった。

晶が目をしばたたかせる間に、友人は知佳へも顔を向けている。

「俺、連れの人を怖がらせちゃったんでしょうか？」

「い、いえ、違うわよ。この子、元からちょっと具合が悪かったの。安心して、私がついているから……っ。ええ、本当にっ」

さすがの知佳も、焦りとごまかしで早口だ。

「と、とにかくっ、こちらこそ不注意でごめんなさい。ええと、それじゃ……っ」

言うだけ言って、彼女は晶へ肩を貸し、出口のほうへ歩きだす。

強引な話の打ち切り方には、友人も面食らったらしい。が、それでも最後に晶を気遣ってくれた。

「えっと、お大事に……っ」

「……っ……」

晶はウィッグで赤い顔を隠しつつ、友人へ頭を下げる。

断じて、声を出すわけにはいかない。

さらに相手と十分な距離を取ったあと、ようやく自分の足だけで立ち直した。

「ん、はっ……ぁはぁぁあふっ」

途中から半ば呼吸を止めていたために、熱っぽい息が長々と溢《あふ》れる。

しかし、それは安堵だけが理由ではなかった。

危険な冒険を経て、少年の脳内物質は、今や過剰なまでに分泌されていたのだ。

ペニスだってミニスカートの下で、しっかり勃起しはじめていた。


目的地である公園に到着してからも、晶の体温は下がらなかった。

当然、制服へ着替えるどころではなく、彼は散歩コースから外れたベンチへ尻を落とす。そのままパッド付きの胸を上下させて、荒く短い呼吸を繰り返した。

「はぁっ、はぁっ、はっ、はっ、ぁっ、はぁぁ……っ」

ペニスも大きいままだから、歩いているときより、屹立《きつりつ》ぶりが目立ってしまう。

加えて、トランクスからの圧迫がきつく、亀頭が捩《よじ》れそうだ。漏れ出た我慢汁は、おそらく借り物であるスカートの裏地へも、ジットリ染み込んでいるだろう。

「……私、自販機を探してくるわ。何か飲んだほうがいいわよ」

一度は晶と並んで腰かけた知佳が、そう言って立ち上がろうとする。

「平気、ですっ」

だが、晶は彼女の手首を摑んで引き留めた。

「後藤君っ？」

知佳も狼狽《うろた》えたようだが、晶は己の大胆さへ気づけない。思った以上にしなやかな女教師の感触に、ますます心を乱される。

「……ごめんなさい、先生のスカート、きっと汚れちゃってます……っ」

そんなみっともない発言まで、当たり前に口を衝《つ》いた。

「……あ、そ、そうかもしれないわね……」

知佳の相槌《あいづち》はかすれていた。しかし、彼女は深呼吸して姿勢を正し、

「後藤君……姉さんのモデルをしたときも、今みたいな気分になったの？」

「はい……」

「それで姉さんに、いろいろされてしまったのね？」

「そうですっ……百音さんは、僕を男の子に戻すんだって、言っていました……」

晶が答えれば、今度は露骨《ろこつ》に身じろぎだ。のみならず、はしたなく唾を飲む音まで立てた。

「ね……ねえ、後藤君…………私も姉さんみたいなこと、君にして……いい？」

「えっ……!?」

思いがけない申し出に、晶も一瞬、意味を把握《はあく》しきれなかった。次いで、理解が追いつけば、あんぐり口が開いてしまう。

見返された知佳も、心細げに声を震わせた。

「……ごめんなさい。私も姉さんと同類だったみたい。後藤君のためを思って動いていたはずなのに、途中から欲が混じりだしてた。ううん、本当は始めから欲まみれだったのよ。でなければ、こんな無茶をさせるわけがないもの……っ」

「せ、先生の欲って……どんなもの、なんですか？」

晶は唾で喉を湿らせてから、知佳へ尋ねる。

すると彼女は、すがるような煌《きら》めきを、切れ長の瞳へ浮かべた。

「あなたの頑張る姿を、全部、全部、目に焼き付けたいの。だって後藤君は入部したときから、そういうところが素敵だから……っ。今までは顧問の立場を言い訳にできるレベルで済んでいたけれど……私のブレーキ、壊れちゃったみたい……」

「先生……っ」

晶は唸った。驚きはまだ大きいが、知佳が本心をさらけ出してくれたおかげで、自身も胸を焦がす情動をさらけ出せる。

「僕なんて、もっと煩悩《ぼんのう》だらけです……っ。先生には真剣な相談をしてるつもりだったけど、きっとこうして外へ出たのは、女装のスリルを味わいたかったからなんです……っ。ごめんなさいっ、誰かに知られたら、先生の立場が悪くなるのに……っ」

「いいのよ……そうね、私たち、どっちも欲に負けちゃったのね……」

知佳が自嘲《じちょう》気味に微笑んだ。そこから彼女は、両手で晶の右手を包む。

「私……姉さんに負けないぐらい恥ずかしいことを、あなたとしたい……あなたがどう感じるのか、いっぱい見せてほしい……っ」

「ぼ、僕もですっ……先生にもっと見てほしいっ……」

晶は左手を、彼女の手へかぶせ返した。

公園で何か始める以上、どんな内容だろうと露出プレイじみたものになるだろう。だが、自分が女装に求めたものを考えれば、相性はバッチリだった。

晶と知佳は、焦りを隠せない足取りで、揃《そろ》って木陰へ移動した。

ここなら街灯の光はあまり届かない。夜の散歩を楽しむ者がいても、目撃される可能性は低いはずだ。

「先生……僕、どうすればいいですか……？」

太い木を背に晶が問えば、知佳も率直に告げてくる。

「ま、まずはスカートを脱いでくれる？　そのまま地面へ放り出していいから……」

「わかりました……」

晶は言われたとおり、ミニスカートのベルトを不器用な手つきで外した。ホックとファスナーも、大きく開いた。

途端にスカートは、彼の腿をススッと撫でて、足首まで落ちる。

「んんっ」

晶はくすぐったさに身震いしつつ、片足ずつ地面から浮かせて、チェック模様の布地を足首からどけた。

これで下半身に残るのは、靴と縞々《しましま》ニーソックスを除けば、トランクスだけだ。

知佳からも、すぐ次の指示が来る。

「後藤君、そっちの木に寄りかかって……」

「はいっ……」

少年はまたも従った。木の幹はアトリエの壁と違ってゴツゴツしているものの、滑りにくい分、身体を預けやすい。

「次はどうしましょうか……？」

すると、知佳は自分から動く。スーツが汚れることなんかまったく気にせず、地面へ膝をつき、中性的な美貌を、我慢汁の染み込むトランクスへ寄せてきた。

さらにたおやかな指でトランクスの縁を摘まみ、晶の脚の付け根まで、一息にずり下げる。

「うあっ!?」

勢いは百音がやったとき以上だから、生地はカリ首へ引っかかり、荒っぽい衝突で、のっけから晶を痺れさせた。

さらに押されて一瞬だけ下向きへ変わった男根も、バネ仕掛けさながらの跳ね方で、元の角度へビンッと戻る。

この派手な反応に、知佳はふだんと別人のような蕩《とろ》け声をあげた。

「ぁン、すごい……！　後藤君、私の服を着て、ここまで大きくしてしまったのねっ……」

「はいっ、いつもの道を歩きながら、僕、すごく興奮してました……！」

二対の目線を受けながら、反ったペニスは付け根からピクッピクッと弾みだしていた。太さは並だが、長さはなかなか——そう百音に評された逸物だから、わずかな揺れであっても浅ましい。

これで知佳も、どう動くべきか決めたようだ。彼女は右手の位置をずらし、肉棒の中ほどを軽く握ってくる。

「ふ、ぅっ!?」

手のひらと指の柔らかさが官能神経へなだれ込み、晶だって身を縮こまらせた。一方、捕まった肉幹は、根元からいっそう伸び上がろうとして、それが手との密着度を高める。

「んあっ……」

知佳は熱っぽい目つきを、亀頭へ注いだ。街灯の光がろくに届かない木陰で、しかも経験の乏《とぼ》しい晶にさえわかってしまうのだから、そうとうな発情ぶりだ。

「……君のおち×ちん、もうヌルヌルだわ……こういう匂い、久しぶりなのっ……」

あとはさらに大きく口を開け、男根の切っ先へ寄せてくる。吐き出される息も亀頭へねちっこく絡み、手だけの接触から一転、湿気で熱く蒸しはじめた。

のみならず、奥から舌までヌルリと差し出され、鈴口周りを軽くねぶった。

「う、あっ!?」

女装少年はひとたまりもなく、小柄な体躯を震わせてしまう。

軟体が触れる範囲は、パイズリのときよりずっと狭く、タッチだって優しいのだ。

しかし唾液のヌメりによって、乳肉にはない粘着性が目立つ。

しかも、知佳はミルクを舐める子猫さながら、立て続けに鈴口を狙い打ちだした。

出だしこそ緩慢《かんまん》な動きだったものの、途中からそれが速まって、脆《もろ》い穴をペロッペロペロッと連続でノック。

おかげで牡粘膜を見舞う官能の刺激も、鈍痛《どんつう》混じりに強まった。

だが、ここはあくまで公共の場なのだ。晶は喘ぎを堪えるために、右手の甲を口へかぶせる。

「ぅ、く、はぅううん……！」

表情も仕草も、ますます少女らしい。

それでいてペニスの滾《たぎ》りようは、紛れもなく男子の反応だった。

知佳は上目遣いで、このアンバランスさを観察し、淫靡に催促してくる。

「たくさん感じてねっ……気持ちいいときのあなたを、私にどんどん教えて……っ」

そこからは舌の絡まる範囲が、格段に広がった。表面のザラつきを亀頭へ執拗に擦りつけつつ、先端をフック状に浮かせて、エラの窪《くぼ》みへ引っかけもする。

しかも、粘つく我慢汁を広げたあとだから、すべての動きがスピーディだ。特にカリの裏をなぞったときなんて、晶は痺れを吸いすぎた亀頭が、限度を超えて肥大化しそうに思えた。

「あ、うっ、くううっ……!?」

彼は背中を後ろの木へ押しつけて、切ない気持ちを紛らわす。借り物の黒パーカーを傷つけるかもしれないとわかっていても、手をこまねいていたら、あっという間に昇天だろう。

「せ、先生っ……そんなにされたら、僕っ……ぅううっ……！」

彼は少しだけ手の甲を浮かせて、知佳へ呼びかける。

対する知佳の答えは、ますます乗り気の口淫だった。

「は、ふぅうあっ……後藤、く……んっ、はおっ、あふっ、ぇ、え、ぇおお……！」

本当は、所かまわず声をあげてほしいのかもしれない。それを裏付けるように、彼女は愛《め》でる範囲をまた広げる。頬ずりせんばかりの勢いで顔を横向きにしたら、亀頭どころか、竿の中ほどにまで、くねる舌戯の洗礼だ。

さらにこれでも足りないとばかり、上半身の位置を男根の前へ戻し、濡れた唇をますます開いた。

あとは少年が何か言うのも待たず、亀頭も竿も咥え込む。

「は、むっ！」

唇は吐息と共にすぼめられ、男根の凹凸へ柔らかく形を合わせてきた。内には熱気と湿気が充満だ。

晶も舌のこそばゆさに対応しきれないうちから、さらなる喜悦を送り込まれ、とうとう喘ぎを吐き出してしまった。

「は、つぁ……ぁああっ!?」

手の甲を口へかぶせ直すのが間に合わず、生娘《きむすめ》じみた声音は、木立《こだち》の外まで溢れていく。

この大声を、知佳は注意しなかった。むしろ、舌を押しつける力をいよいよ強め、牡粘膜も、竿の薄皮も、入念にくすぐり倒す。

「んんむっ……ふ、ぅっ、ぇうううっ……あ、ぉおおんっ!」

「先生っ……先生ぇっ……！　僕っ……気持ちいいのが、止まらないですぅっ！」

晶は唾液と我慢汁を重ね塗りされた亀頭が、グニュッとふやけそうな気さえした。

ニーソックス付きの細い脚も、盛大に震え続けた。

それでも踏ん張れば、ふとした拍子に腰が跳ねてしまう。

「う、ぁううう!?」

長い肉棒は口内のさらなる奥へ潜り込み、切っ先部分を軟口蓋《なんこうがい》で受け止められた。

さらに綻びきった鈴口は、ヌルつく喉チ×コで撫でられた。

「は、ぁんぅううっ!?」

どちらの快感も媚薬めいて、晶はセミロングの髪が揺れる後頭部まで、後ろの木へ擦りつける。

知佳も籠った声へ、えずくような響きを混じらせた。

「ふぐっ……お、ぇぐぅうふっ！　んんぶっ、ぉ、んふぅうぅうっ!?」

だが、彼女はすぐ美貌を後退させて、肉棒との位置関係を正す。

それどころか、左右の頬をことさらにすぼませて、裏側のヌメリで亀頭を挟んだ。

粘液まみれとなっていた唇も、吸盤さながら突き出した。

「んじゅずずっ！　ずぢゅずぅううっ！」

知佳は、自分の容貌が滑稽《こっけい》なまでに崩れることすらいとわず、尿道の先走り汁を啜《すす》りはじめたのだ。

「ぅぶずずっ！　ずぞぞぞぶっ！　すぢゅっ、ぇぶっ、んずっずずぅううぅっ！」

このバキュームも、一途《いちず》で真剣な気性ゆえだろう。だが、理由はどうあれ、下品極まりない音が、夜の公園へ響き渡る。

晶もペニスをストローのように扱われて、神経を粘膜表面まで呼び出されそうだ。

「は、んっ、あぅううっ……！　ま、待って、待ってくださいっ……！　百音さんだって、ここまではっ……！」

彼がとっさに百音の名を出せば、知佳はかえって張り合うように、前後のピストンまで始めてしまった。

「んぐっ、うっ、ふっ、んぶぷっ！　えうっ、ひぷっ、はぅうぶっ！」

短めの髪を生き物みたいに躍らせて、くぐもった声は弾ませて、汗だくとなった美貌を存分に使うのだ。

唇はグッポグッポと目まぐるしく行き来をし、肉棒の根元めがけて突っ込んでくるたびに、竿の皮をピンと伸ばした。道連れに裏筋まで張り詰めさせていた。

舌も裏筋周りへくっついたままだから、唾液混じりのザラつきが、消化せんばかりに晶を嬲《なぶ》る。

一方、後退の際は、性感が集中する亀頭全部を、苛烈に引っ張った。しかも下がりきったら、仕上げとばかり、ヌルつく唇の裏をカリ首へ引っかける。いや、ときには過敏な段差を踏み越えて、亀頭粘膜まで擦り立てた。

「ふぅあっ！　ぅあおっ、んっんっんっんぅうっ！　えぷぶっ、んぉおぷっ！」

「で、出ちゃいますっ……出ちゃいますっ……先生っ！　僕っ、先生の口の中でっ、イッちゃいますぅうっ……！」

いくら昂っているとはいえ、尊敬する女教師の口内で射精することに、晶は罪悪感を抱いてしまった。

ザーメンなんて生臭いもの、自分だったら絶対に飲みたくない。

なのに、知佳は口淫をセーブせず、むしろ竿の付け根へ留めていた右手まで、扱くために使いだす。

手コキは確かな握力で、竿の根元を解《ほぐ》してきた。亀頭の角度も続けざまに傾けて、フェラチオによる摩擦まで倍加だ。

「んぶふっ、だ、出ひっ……へっ、いっぱぁ……いっ、せぇえきぃっ、びゅくびゅぷっ、わたひに飲まへてぇぇえっ！」

「せ、先生ぇえっ!?」

しかも、ここまでやっておきながら、知佳はまだ満足しなかった。晶の腰へあてがうだけだった左手を玉袋へ移して、やわやわと転がしにかかったのだ。

こちらは情熱的な口や右手と違い、すこぶる丁寧だった。だが、それだけに他と違う質感を発揮して、五本の指が別々の生き物みたいに躍る。あやすように、甘やかすように、若い精液を求めてくる。

「あぁっ……はやくぅ……わたひっ、あなたのせぃえきっ……ほひぃっ、のぉおおっ！」

「ぁ、ううっ……僕っ、限界です……っ。イクッ……イキますぅうっ！」

晶はこの期《ご》に及んで、必死に踏ん張りつづけていた。しかし、スペルマのほうが抑えきれないほど量を増し、通り道をこじ開ける。

そのままついに、意識をパンクさせんばかりのオルガスムスが、官能神経へ押し寄せてきた。

「ぅ、く、んやぅううっ！　先っ……生ぇぇえっ!?」

なまじ抗《あらが》いつづけた分、反動はとことん物すごく、晶は頭がチリチリ痺れる。活力を根こそぎ持っていかれる心地で、ヨーグルトめいた粘度の子種を、知佳の口へぶちまける。

この勢いには、欲しがる側だった女教師も、スリムな全身を竦ませた。

「んぉぶっ！　う、く、ひぶっ、ぅはぅううんっ!?」

彼女は舌の上どころか、喉奥まで濁流《だくりゅう》で侵《おか》されて、窒息しかけの有様だ。

それでも決して逃げることはなく、一分近くかけて射精が終わったら、ようやく上半身を下げはじめた。

「んっ、ぷはぁあっ……」

最後に唇をエラの裏へ引っかけて、泡立つ粘液の糸を長く伸ばしながら、汗みずくの美貌と亀頭とを離す。

それから手のひらで口に蓋《ふた》しつつ、喉を妖しく波打たせた。

「う、くぐっ……！　はふっ、ぅふううんっ……！」

嚥下《えんげ》が済んだら手をどけて、彼女は晶へ濡れた上目遣いを向けてきた。

「ん……後藤君の精液の飛ばし方、とても元気なのね……私、びっくりしちゃった……」

「は、い……っ」

見下ろす晶は、アトリエに続き、今回も腰が砕けそうだ。へたり込まずに済んだのは、木の幹が背中へ引っかかるからだった。

なのに、知佳は言う。

「ああ、駄目ね、私……口だけで済ませるつもりだったのに、すっかり火が点《つ》いてる……」

「え……っ」

戸惑う晶の足元で、彼女はパンツスーツ越しに、自分の股間へ右手を添えた。

「次は……ここに、君のおち×ちんをほしいの……お願い……君のこと、満足させてみせるから……っ」

絶頂の衝撃も冷めやらぬうちに、続きまで求められてしまう。

しかも今度は、正真正銘のセックスだ。

とはいえ、晶が迷った時間は長くなかった。

相手が知佳なら、初めてだって怖くない。この際、行けるところまで突っ走りたい。

「は、はいっ！　僕のおち×ちん、使ってください……！」

年上美女から玩具扱いされたがっているような返事を、彼は堂々としてしまったのであった。

教え子の意思を確認した知佳は、さっそくスーツのズボンを脱いだ。さらに湿った土の上で仰向けとなり、ショーツの両端へ指先を掛けた。

彼女が穿いていたのは、レース付きで色の黒い、極めてセクシーな代物《しろもの》だ。それが当人の手によって、腿へ、膝へ、ズルズル下ろされはじめる。

「んっ……く……」

かすかにじれったそうな声が漏れるのは汗を擦った下着が肌へ張り付くからだろう。

しかし、彼女のやり方は途中から、布地が破れてもかまわないというような性急さへ変わる。これでショーツは美脚から引きはがされて、丸まったままでズボンの上へ置かれた。

一方、晶はニーソックス付きの膝を地面へ付きながら、手も口も出せずに見守るのみだ。

そこへ知佳の目が、色っぽく向けられる。

「お待たせ、後藤君……っ」

「は、はひっ！」

甘い声で呼ばれ、晶も金縛りから解放された。

彼はよろけるように知佳の正面へ移動して、揃って持ち上がっていた美女の膝へ、おっかなびっくり手のひらを置く。

「ど、どけます……ねっ」

そう言って、秘密の扉を扱う心持ちで、健康美溢れる太腿を開いていった。すると秘所を隠す位置にあった足首も、いっしょに左右へ広がって――、

「う、あわ……っ」

登場した女性器を見るなり、ふぬけた声がこぼれてしまった。

少年が割れ目から真っ先に受けたのは、外側にある大陰唇のふっくらした印象だ。

そこは周囲と同じ色合いで、滾る剛直を突っ込んでも、むっちり抱き止めてくれそう。合わせ目からはみ出す紅《べに》色の小陰唇も、今か今かと結合を待つようだった。

さらに割れ目の上端では、陰毛が綺麗な形に手入れされている。それは知佳の几帳面な人柄の表れかもしれない。だが縮れ毛が小さく纏まっているからこそ、発情した牝肉は、隅々までむき出しとなっていた。

しかも、秘唇すべてを愛液がニチャニチャと飾って、晶は再び目を吸い寄せられっぱなしになってしまう。

そんな生徒の手の甲へ、知佳が自分の手を添えてきた。

「止まらないで、後藤君……っ」

「あっ、あっ……そうですよね……！」

晶は右手で急いでペニスを握り、ダマになっていた精液と我慢汁の残りを、グチュリと押し潰した。

「うくっ……」

ヌルつく手触りが、女性器を真似るみたいに淫猥だ。

自分は今から、初体験という人生の重大イベントを、女子の格好のままでやることになる。

この倒錯性を強く意識しつつ、怒張の角度を下向きに変えた。股間へかかる重みに息を荒げつつ、鈴口を割れ目へあてがった。

途端に陰唇の火照りで、亀頭の端を直撃される。

「つぁ……っ！　せ、先生のここ……すごいです……っ！」

本当に、湯船へ飛び込む気分になる発熱ぶりだ。

しかも粘膜同士の触れ合う一点では、何種類もの汁が混ざりながら膜を作って、瞬時に空気を追い出してしまった。その密着感は、さっきのフェラチオを超えている。

「んんっ、後藤君のおち×ちんも熱いわっ……口で感じたときより、ずっと、そう思えるの……！」

経験者であるはずの知佳まで、悩ましく身じろぎしはじめていた。

これを見ると、晶は少しだけ勇気づけられる。

自分だって先生を感じさせられるのだ。おち×ちんを入れていけば、もっと悦んでもらえる。二人でいっぱい、気持ちよくなれる！

だが、ズルリッ。

晶は細い腹を引き締めて、腰を前へ進めようとした。

圧《お》した辺りに膣口がなく、亀頭は割れ目の上で滑ってしまう。

「あっ、んぅうっ!?」

失敗だ。

それでいて、裏筋を小陰唇になぞり返されて、爆ぜる疼きはやたらと大きい。火傷《やけど》でもしたように、背筋がピンッと伸びる。

唸る彼の下では、知佳も四肢を縮こまらせていた。

「ふっ、んんんぅふっ！」

「す……っ、すみませんっ！　先生っ……！」

慌てて謝れば、ぎこちない微笑みが返されて、

「い、急がなくていいのよ……っ。そう、いいのっ……まずは勢いよく動くんじゃなく、私におち×ちんを当てたまま、軽く上下させてみてっ？　そうやって、入り口を探していくのがいいはずだから……っ」

「っ、わかりましたっ……」

晶は改めて、肉棒を割れ目へあてがった。しくじりを引きずるまいと意識しながら、指導されたとおり、亀頭に短い距離を行き来させる。

「ん、んんっ……くっ！」

力をセーブしていても、鈴口は切なく痺れた。それに不慣れな少年が数回繰り返す程度では、奥への道をなかなか探り当てられない。いちおう、入り口っぽい感触なら亀頭をかすめるものの、しっかりはまり込んでくれないのだ。

「は、ぅ、ぁ……く、くぅうふっ！」

このまま挿入すらできず達してしまうのではないかと、心の中で不安が膨らんだ。加えて、怒張で押されて女体の入り口が歪む様だって、見ているだけで鼻血が出そうにいやらしい。まるでもう一つの口が、男根を食《は》もうとしているようだ。

「先……生っ！」

自然と額《ひたい》へ汗が浮き、涙まで目尻へ浮かびかける。

それでも諦めずにスローペースを心がけ続けると――グチュリッ！

とうとう奥行きのある穴へ、鈴口周りが引っかかった。

やったぁ……！

晶は思わず快哉《かいさい》を叫びそうになる。

肉穴を小突かれた知佳も、艶めかしく声を揺らす。

「あ、ん……っ！　そうっ……そこよ、後藤君……っ」

今まで気長に任せてくれていた彼女も、本当は待ち焦がれていたのだろう。隠しきれない思いが、呼びかけの端々に表れている。

「はいっ……、僕、わかりました……！」

晶はペニスが抜けないように、もう一度、腰の位置を調整した。膝をずらし、お尻の角度も変えて、ちゃんとやれそうだと思えたら宣言だ。

「入れます、先生……っ」

「来てっ……！　早く来てぇ！」

この切羽詰《せっぱ》まった返事に背中を押され、女装少年はヴァギナを貫《つらぬ》きにかかった。

が、勇んで膣口をこじ開けてみれば、思った以上の弾力に亀頭を迎えられる。繊細な牡粘膜を、グイグイ締めだす。

「は、ぁ、ぁぁぁう……っ!?」

晶は場所もわきまえず、大声をあげかけた。

しかも、続けて通すエラ周りなんて、亀頭よりさらに太いため、動くのにいよいよ力をかけねばならない。直後に段差の脆い裏側まで餌食《えじき》となり、彼の意識は本気で遠のきそうになる。

「先……生……っ、先生ぇっ……！」

それでも懸命に前進しつづければ、次は竿を絡め取られた。こちらは膣口に負けない硬さがあるものの、代わりに表皮と繋がる亀頭を、いちだんと引っ張られてしまう。張り詰め切ったエラだって、ここぞとばかりに舐めしゃぶられる。

「な、何っ、これっ……ぇえっ!?」

膣内で待っていたのは、煮え立つような無数の濡れ襞だった。窮屈《きゅうくつ》さだけで見るなら、膣口ほどではないが、狭いことには変わりなく、むしろ情熱的なうねりで、牡粘膜を隈《くま》なく捏ねてくる。

もしも知佳が悦んでいるのを見なければ、晶はひとまず侵攻をストップしていただろう。

「は、ぁうっ……ご、後藤君のおち×ちんっ……入ってきて、るぅう……っ！」

女教師の目尻や口元では、強張りと妖しい笑みが混じり合っていた。

全身の捩《ねじ》り具合だって、見せつけるように色っぽい。たとえば両手は頭の脇で握られて、顎は嘶《いなな》く直前のようにクッと浮き上がる。姉と比べてずっと小さい胸までが、自己主張さながら反らされた。

こんな身振りをされたら、晶だって奮い立つしかない。

彼は粘りに粘って、最深部まで行き着いた。とどめに弾力たっぷりの肉壁で鈴口を押し返されて、腰を前へ折りかけながらも、

「ぼ、僕っ……このまま動きますっ！」

健気《けなげ》に言い放って、怒張を引き抜きはじめる。

「は、ぅぐっ！　ひぅううっ!?」

下がる動きとなると、矢の返しめいた形のエラが、ますます周囲へ引っかかった。膣壁の蠢《うごめ》きも男根を引き留めたがるようで、両者が嚙み合って生まれる快感たるや、もはや怖いぐらいだ。

「んんぅっ、く、はふぅううんっ！」

猛烈な摩擦に理性を焼かれつつ、晶は亀頭の先まで外へ出しかけた。だがそれでは、また一からやり直しとなる。

「は、ひぐっ！」

慌ててブレーキをかけ、肉幹が抜けるのはどうにか防いだ。

ただし、たった一往復で、彼の息は上がっている。もしもさっきのフェラチオで果てていなければ、さっそく絶頂へ行き着いてしまったかもしれない。

この未熟な動きを——知佳は切れぎれに褒めてくれた。

「は、んっ……ぃいっ……ご、後藤君っ……いいわっ！　私っ、気持ちいい、の……！」

スーツ姿を竦ませた彼女が、酔ったような目を向けてくるから、晶のやる気だって、幼い慄《おのの》きを上回りつづける。

「……っ、もっと、ううっ、頑張りますっ！」

彼は己を鼓舞《こぶ》して秘洞内に押し戻り、そこから肉幹の長さを活かした往復へ取りかかった。

「んんぅうっ！　ひ、ぅ、ふぅうんんぅううっ⁉」

勢いを乗せて突貫《とっかん》すれば、痺れは暴力的に牡粘膜を嬲り、矢面《やおもて》に立つ亀頭なんて、融解《ゆうかい》せんばかりに火照ってしまう。挙句、最も敏感な切っ先部分が、子宮口と衝突をする。

さらにバックで、愉悦は方向転換だ。今度はカリ首が襞の群れに食い込んで、めくれそうに際どく疼いた。

「ふぐっ！　んぁむぅううふっ！」

一回目より二回目、二回目より三回目の行き来で、格段にペニスは熱くなる。

晶は天井知らずの性感に耐えようと首を振り、かえってウィッグの端で、自分のうなじや肩口をくすぐってしまった。

「は、ぁあふっ⁉」

このささやかな感触まで、今はひたすら悩ましい。さらにこそばゆさといえば、あちこちを伝う汗の感触も、全身を掻きむしりたいほど鮮烈《せんれつ》だ。

彼はもうあと先考えられず、女装用パッドが胸からずれかねない勢いで、身体を揺さぶりまくった。

「先生っ、先生のここっ……すごいですっ！　僕の気持ちよさをっ、どんどんっ、いっぱいっ、熱いウネウネで引き出してっ、くれるんですぅううっ……！」

そんな教え子の下で、知佳もペニスの勢いに圧されて背筋を捻《ね》じ曲げ、引きつりそうに喉を震わせている。

「わ、私もっ、いいのぉぉうっ！　奥の弱いところ、に……ぃいっ、おち×ちんっ、ゴツッゴツッてぇっ、んあぁあうっ、あ、当たっちゃうぅううっ！」

股間の水音だってジュッポジュッポと大きいし、もしも誰か通りかかったら、一発で聞きつけられてしまうだろう。しかし、屋外にいる事実すら、もう歯止めとはならない。そもそも晶を発情させた元凶は、人目に対する意識なのだ。

「せ、先生……っ！　あっ、あぅううんっ、先生ぇっ！　先生ぇえっ！」

彼は込み上げてくる激情に駆られ、前のめりで結合部へ体重をかけた。

途端に亀頭のひしゃげるショックに意識をやられ、姿勢を元に戻せなくなる。

「は、ぁううっ！　先、生ぃいっ!?」

「ふやぁあああんっ！　やっ、おち×ちん深いぃいいいひっ！」

蜜壺の最深部を圧迫された知佳も、むせび泣きを高くした。

だが、怪我の功名《こうみょう》というべきか、短いストロークしかできなくなってみると、これもまた気持ちいい。

挿入で爆ぜた痺れが和らがないうちから、下がるエラが痺れるし、カリ首の愉悦がピークへ達した直後には、子宮口とまた衝突だ。

「ぁああっ！　くっ、ぅっ、これっ、これぇぇっ、すごぃいいっ!?」

入り乱れる複数の刺激によって、晶は挿入と引き抜きをいっぺんにやっているみたいだった。

その分、下半身の振動だって絶え間なく、竿の付け根へは、本日二度目の精液が迫ってくる。

「くっ……ふっ！　ぼ、僕っ……で、出そ……で、すぅううっ……！」

顎を引いて喉を狭めつつ、晶はこのまま射精したかった。

さらに知佳も、生徒の言葉を拒《こば》まない。それどころか、膣奥をほじられながら、引き締まった肢体を自分でくねらせる。

「ふ、ひぅううんっ！　あ、あひっ、あき……君っ……！　出しっ、ぃいっ……このまま出してへぇえっ！」

彼女は喘ぎに断続的な揺らぎをかけながら、肩も、むき出しの尻も、地面へ擦り付ける。しかも、広げていた脚を晶の尻へ引っかけて、ペニスが秘洞から離れるのを阻《はば》みさえした。ついにはふしだらな嬌声《きょうせい》を、木々の枝の先、星が瞬く夜空へ解放だ。

「イク……ぅううあっ！　わたっ……しもぉっ！　イクッのぉおあぁあんっ！　あなたのおち×ちんでぇっ、イ、イッちゃうぅぅあぁああは……っ！」

「せ、先生もっ！　先生もっ!?」

「うんっ、うんっ！　だからこのまま続けてぇぇえっ！　あなたのおち×ちんと精液でっ、私をイぃいっ、イッ、イカせてぇぇええっ!?」

「はいっ……は、いぃいっ！」

奮起した晶は、限界間際の腰遣いへ、さらなる気迫を集めた。高温で脈打つ牝芯を、奥の奥まで責めまくった。

「んぁっ、う、くっ、せんせっ……せんっ、せぃい……っ！　イッてくださいっ、僕のおち×ちんでっ……イッちゃって……くださいぃっ！」

この生徒の猛攻《もうこう》に、知佳も一段と派手な硬直をする。

「う、ひ、ひぐっ……！　ぉおっ、あ、ぉっ、あぉぉおおう……っ！　イクわっ、私いいっ、ぃいいっ、イッ、イクからぁぁああっ！」

「はいっ、はいぃいいっ！　先生っ、イッてっ、くださいぃいいっ！」

ここまで通行人が来なかったのは、よがる彼らにとって、至上の幸運だったろう。

やがて経験の差からか――、
晶のほうが少しだけ早く、絶頂へ行き着く。

「あ、う、ひぐぅううふっ!?」

神経の千切れそうな衝撃に、女装少年は紅潮した童顔を歪めた。そのくせ、先走り汁が垂れ流しの鈴口は、子宮口へギュウギュウ押しつけた。

刹那、亀頭のひしゃげる肉悦を号砲代わりに、ザーメンが勢いよくスタートだ。白濁は尿道内で特上の快楽を弾けさせ、女教師の卵子と結合するべく、子宮内へ雪崩《なだれ》打つ。

さらに種付けされた知佳だって、一拍遅れでアクメの叫びを吐き散らした。

「うぁああひぃいいんっ! お、く、んぅぅうぅああああうっ! ひぃっ、ひぃいっ、はぅううあぁぁぁあはあぁああああっ!?」

彼女は下半身をわななかせ、果てている最中の肉幹を、これでもかときつく食い締めた。

「ひぉ、ぅうっ! 先生っ……僕の……おち×ちっ……う、ぁうううぅぅうっ!?」

アクメによる膣肉の収縮なんて、吐精中の男根には猛毒じみた決定打だ。

晶はゴスロリ姿をブルブル震わせて、精液どころか、ペニスまで、知佳に持っていかれそうな気がしてきた。

もしも、そんな妄想が実現したら――。

彼は服装だけでなく中身まで、この先一生、可愛い女の子であった。

射精が終わっても、晶の股間はなかなか鎮《しず》まらなかった。何しろ、熱い蜜壺の中へ、長く留まりつづけているのだ。

さりとて、急いで引き抜くのだって危ない。大きいまま、しかも果てたばかりで感度が増している以上、ちょっと動くだけで猛烈に痺れてしまう。

だから少年は息を整えて、心身が落ち着くのを待った。膣肉とあまり擦れ合わないように、姿勢を一定へ保ち――そろそろだろうと見当《けんとう》をつけたところで、慎重に己を抜きはじめる。

「ぁふっ、く、ぅううっ……!?」

思ったとおり、下がる動きは新たな刺激となって、ペニスを膣内で反り返らせた。

できればこのまま、子宮口へ突き戻ってしまいたい。

だが、どうにか肉欲を制して、亀頭の先端まで外へ出しきった。

途端に肉幹は、開始前と変わらぬ角度で上を向き、ピクッピクッと小刻みに痙攣だ。

（ああ……僕のおち×ちん……こんなになってる……）

オナニーの経験だって多少はあるが、一人で果てたときと今とでは、濁汁まみれのペニスが別物に見える。

そこへ同じく呼吸を整えようとしていた知佳が、小声で呼びかけてきた。

「後藤君……どんな悩みでも、この先、私は相談に乗るからね……？」

「は、はい……っ」

晶も頷き返した。

ただ、少なくとも女装についてなら、感覚がこれまでと逆になっている。

今までずっと、女子のような自分の容姿を好きになれなかった。なのに、男の立ち位置から離れたうえで人から褒められると、変身願望を満たされる。密やかな緊迫感だって、クセになりそうだ。

（女装の練習だけでなく、エッチの相手も、先生にまたしてもらえるのかなっ……）

ムシのいい期待まで、頭の中をよぎる。

こんなに激しく求め合えたのだ。ひょっとしたら、憧れの知佳と恋人同士になれるかもしれない。

それが叶うなら、たくさんのことをしたかった。

たとえばデートとか、ショッピングとか。いっしょに美術館巡りとか。

(僕の全部を目に焼き付けたいって、先生、言ってくれたもんね……っ)

だが、少年の昂りへ水を差すように、知佳は身を起こしつつ言ってくる。

「後藤君……私は君を束縛《そくばく》するつもりなんてないのよ？　だから安心して。恋人になれとか、特別な関係になりたいとか、私、絶対に言ったりしないわ」

「え……？」

望みと反する内容に、晶はどうリアクションを取っていいかわからなくなった。

「……そ、そう、ですか？」

「当たり前よ。君とは年が離れすぎているし、立場だって違うもの……その、今回は自分を見失ってしまったけれど、でも私たちは明日からまた、先生と生徒。ちゃんと心がけていくわ」

「あ……は……はは……っ」

晶の興奮は急激にしぼんでしまう。

きっと知佳ほど綺麗でモテモテなら、セックスの一回や二回、大したことではないのだろう。

さらに百音の発言まで、芋づる式に思い出した。

――知佳はこんなふうに言ってるけどねぇ、モチーフの追求に関しては、あたしと同じぐらい欲張りなんだよ？

となると、さっき知佳が言った、「頑張るところが素敵」というのも、

（……創作の題材になるって意味なの……？）

たとえ脈がなかろうと、彼女は魅力的な人だ。望まれるなら、喜んでモデルになれる。

ただ――この先も、恋愛関係にはなれないらしい。

そんな動揺を隠す教え子に、知佳は事後の疲れを残したまま、さらに話しかけてきた。

「姉さんが撮った写真なら、私が処分させるわ。だから、君はもう姉の呼び出しに応じなくて大丈夫よ？」

「は……っ」

い、と晶は反射的に頷きかけ、しかし、途中で言い返したくなった。

「……いえ、僕、次もモデルをやりに行きます。先生のおかげで、女装ぐらいどうってことないって、思えるようになりましたからっ」

これは悔し紛れの悪あがきだ。

反抗的なことを口走ったって、相手へ気持ちが通じるはずはない。むしろ、善意を裏切るだけである。

それでも、芽生えたばかりの拗《す》ねた感情を、抑えきれなかった。

「え、そうなの？」

「はい……っ、はいっ。もちろんですっ！　あとは自力でなんとかなるはずです……！」

「……そ、そう……後藤君がかまわないのなら……」

直後、二人へ沈黙が訪れる。

涼しくなってきた風も、間をそっと吹きすぎていった。

第三章　男の娘《こ》の絶頂

翌日の晶は、後悔が大きかった。

（どうして僕……最後にあんな態度を取っちゃったんだろう……）

心の中で自問を重ねるが、本当は理由ぐらいわかっている。子供じみた反抗心だ。

そもそも自分は、知佳を高嶺《たかね》の花と決めつけてきた。恋愛感情を認識できたのも、昨日が初めてだった。

これで特別な存在になろうなんて、厚かましいにもほどがある。

とはいえ、部活はサボれない。

後ろめたさが大きい反面、一夜経った知佳の反応を知りたいし、できることなら、独りよがりな振る舞いを謝りたい。

そんなわけで彼は放課後を待って、美術室でデッサン用の素材と向き合っていた。

本日選んだのは、アリアスと呼ばれる石膏像《せっこう》だ。

このアリアス、巻き毛が特徴的な細身の美形で、ギリシャ神話に登場する王女をモデルにしたと言われている。しかし、彼女の夫となった酒の神こそが原形だとする説もあった。

(女の人っぽいのに、男でもあるって……なんだか……っ)

無機物相手に、妙な親近感を覚えてしまう。

その分、二度の性行為まで回想しそうになり、彼は劣情から目を逸《そ》らすため、線の一本一本へ気持ちを集中させた。

少なくとも、絵に対する後ろ向きな気持ちからは、すっかり抜け出せたようだ。

(もう学園祭まで、三週間もないもんねっ……)

できればこのデッサンを、美術喫茶用の作品まで昇華《しょうか》させたい。

たとえば一枚の水彩画を男性ふうに、もう一枚を女性ふうにまとめて、細かな切り貼りで一つに合体させるのはどうか。

そんな思案をする彼の周りでは、他の部員たちもそれぞれの作業を続けていた。

ただ、肝心の知佳はまだ来ていない。大人である彼女が、自分の失礼な言動だけで顧問を休むとも思えないし、きっと別の仕事が長引いているのだろう。

やがて、個人的な休憩タイムへ入ったか、部長の高沢美緒が話しかけてきた。

「後藤君、完璧に調子が戻ったみたいだねっ」

美緒は独特の感性を持った綺麗な先輩だ。その分、勘も鋭くて、晶は脇に立たれると、ドキッとなる。

さすがに百音や知佳としたことまでは見破られないだろう。しかし秘めた性欲ぐらい、絵から読み取りかねない人なのだ。

「そ、そう見えますか？」

「うん、バッチリだよ。ていうか、前よりずっとよくなってないかな。君ってば、描く線がおとなしめだったのに、これはすっごくセクシーなアリアスさんだもん。先週、知佳ちゃん先生と話したんでしょ？　どんな秘策を授《さず》けてもらったわけ？」

「えっ……まあ、たくさん数をこなして調子を戻せ、みたいな……」

「ありゃ、わりと普通だ。ま、いーや。とにかく君の作品、期待してるぞっ」

それだけ言って、彼女はさっさと自分の席へ戻っていく。

案外あっさり解放されて、晶はホッと息を吐いた。

しかし、美緒は後輩へ背を向けたあと、頰を薄っすら赤らめていたのだ。

――ほんとにどうしちゃったの、後藤君。濡れた目つきとか、息の吐き方とか、めちゃくちゃヤバいんですけど！

女装へ目覚め、さらに性の悩みを秘める晶は、男子用の制服を着ていてさえ、微妙な雰囲気を醸《かも》し出していたのだ。

ともあれ、彼は部長の反応へ気づくことなく、制作を再開する。

と、今度は足元の鞄の中で、スマホがバイブ音を立てた。

「あ……」

作業中とはいえ、通知の内容は気にかかる。百音か、あるいは知佳からの連絡かもしれない。

晶は鞄を開け、スマホを掴み取った。見ると、やはり百音のメッセージが届いている。

『やっほー、晶クン。今は部活中かな？　次のモデルの予定だけど、今週土曜の午後一時からよろしくね？』

文面はあっけらかんとしていたが、これは倒錯した世界への招待状に他ならない。

「ぁ……んっ」

晶は無意識に喉を鳴らしてしまった。

そんな彼の声を聞きつけて、

「……！」

周囲の先輩たちまで、大なり小なり身じろぎをした。

次の瞬間、美術室のドアが開かれる。

入ってきたのは、ふだんと変わらない調子の知佳だった。

「ごめんごめん、遅くなっちゃったわ。みんな、調子はどうかしら？　進んでる？」

これで部員たちの間へ、一気に安堵が広がった。

「ほんっとに遅いですよ、先生っ」

「何してたんですかーっ」

意図的に日常っぽさを出そうとする生徒たちへ、知佳は疑問を抱かなかったらしい。

「職員会議が長引いたのよ。相談とかあったら、今から受け付けていくわね」

そう言って、一人一人へ笑いかけていく。

しかし晶と目が合ったところで、彼女の表情はサッと曇《くも》った。変化は一瞬にすぎず、すぐ元へ戻ったものの、当の晶は見逃せない。狼狽《ろうばい》したようにも、怒りを抑えているようにも見える、不自然な素振りだ。

これで知佳へ話しかけようという決意も、即座に霧散《むさん》した。

「知佳ちゃん先生、どうかしました？　なんか落ち着きないっぽいですけど」

「え、え？　私なら、別に普通だけど……？」

美緒と知佳の会話が、どこか遠くから聞こえてくるようだ。

結局——この日の美術部には、言いようのない落ち着かなさが、生温《ぬる》く漂いつづけたのである。

さらに二日が過ぎても、知佳の前へ立つきっかけは巡ってこなかった。

そのまま土曜日となってしまい、晶は再び有倉家を訪問だ。

「いらっしゃーい。さ、どうぞ。上がってね？」

などとオーバーアクションの百音に案内されたのは、アトリエではなく、彼女の私室だった。

広さは知佳の部屋と同じぐらいだろう。しかし、雑然《ざつぜん》と物が置かれているせいで、体感的なスペースが少し狭く思われる。

まあ、散らかっているというほどではなく、日用品と美術用品の区別が大雑把《おおざっぱ》なのだ。控えめな表現を使うなら、生活感がある、となるだろう。

「飲んで飲んで、晶クン」

今日も百音はトレーナーにジーンズという格好で、紅茶を出してくれる。

「君のために新しい服、用意したからね？　前のより特別なヤツだから、めいっぱい期待していいよぉ？」

「はぁ……」

曖昧な言い方をされたせいで、晶はたった十五分の時間経過が、やけにもどかしい。

やがて、ジリジリさせられるティータイムも終わり、百音はスキップ混じりにクローゼットから一着の服を出した。

「あたしはカップを片付けるから、君はこれを着ておいて？」

彼女はそう言い残し、トレイを手に部屋から出ていく。

渡された服を晶が広げてみれば、それはステージ映《ば》えしそうなアイドルふうの衣装だった。

大まかな形だけなら、白が基調の半袖セーラー服とよく似ている。

だが、襟周りやスカートが可愛いピンクのチェック模様で、胸元と腰の後ろには大きなリボンがあった。さらにそこかしこへ金のボタンがあしらわれ、袖口とスカートの裾なんて、白いフリルで飾られている。

もっとも、アクセサリーはどれも衣類本体へ縫い付けられて、見た目のわりに単純な造りだった。女物の服へまだ不慣れな晶でも、簡単に着られそうだ。

（これも先生のゴスロリ服みたいに、百音さんが自分で使ったものなのかな……）

つい、百音のフリフリ姿を妄想してしまう。しかし、

（違うよね……）

すぐさま考え直した。

服の胸周りは、明らかに男子の自分を意識した平坦さとなっている。元が百音の服なら、もっとここがダブついていただろう。

（ってことは、わざわざ用意したんだ……）

そうとわかると、百音の悪ノリに半ば呆れ、感心もさせられる。知佳への罪悪感すら、いくらか薄れそうになる。

ともかく、衣装を着るだけなら、もう晶は躊躇いがなかった。むしろ、初めて入った女性の部屋で服を脱ぐほうにこそ、緊張させられる。

ちなみに室内へは大きな鏡も据えられていたが、前面にカバーが掛かっており、勝手に使っていいかわからない。

だから、少年は服を着たあと、片方ずつ腕を上げたり、腰を捻ったりしながら、自分の姿を確かめた。それからたぶん問題ないと判断し、ドアを内側からノックする。

「あの……着替えました」

ドアは即座に開かれて、飛び込むような勢いで百音が入ってきた。

「おおーっ、こういうのも似合うねぇ。ほんっとに、晶クンは逸材だよぉっ！」

圧をかけていたと称する前回と違い、彼女の目には上機嫌な笑みが浮いていた。しかし、モデルを観察する意欲自体は凄《すさ》まじく、少年の頭頂部からつま先まで、念入りに視線を絡ませてくる。

「うう……っ」

晶は取って食われそうな心地で、この眼差しを受け止めた。堪らず勃起までしかけるが、そこはできるだけ心を無へ近付けるように、自分へ言い聞かせて我慢だ。

——と、何故か百音は訝《いぶか》しげになって、華やかな笑顔を引っ込める。

「ん？　えぇと？　晶クン、先週から今日までの間に、何かあった？」

「えっ？　何かって……なんですかっ？」

知佳との秘め事を指摘された気がして、晶はたじろいだ。

百音は先週、自分が知佳の部屋へ連れ込まれたことまで知っている。

もっとも、彼女は意外にすんなり、微笑を浮かべ直した。

「んー、気のせいかも」

さらにベッドを指さして、

「そこへ寝転んで？　イメージ固めのデッサンは、今日で終わらせるよぉ？」

「は、はい……っ」

晶はひとまず安堵し、直後に新たな緊張を覚えた。

このベッドへは、百音が毎晩、風呂上がりの身体を横たえているはずだ。

それを強く意識しながら上に乗って、仰向けとなれば、まずは白っぽい天井と、LEDの照明が視界に入った。普通にお茶を飲んでいるだけでは、ほぼ意識することのない光景だ。

加えて、シーツは日々の使用で適度にこなれ、ふんわり柔らかい。百音の気配や匂いも、かすかに残っているかのよう――。

（よけいなことは考えちゃ駄目……！　無に！　心を無にして……っ！）

晶は再び胸の中で念じた。

そこへ百音が、どんどん指図を飛ばしてくる。

「晶クン、前みたいにスカートをまくって？」

「は、はい……」

「男の子を誘うみたいに、脚を広げてみて？」

「はい……っ」

ちょっとでも言い返そうとすれば、抑えたばかりの性感が、頭をもたげかねない。

だから、晶は恥ずかしさに封をして、唯々諾々《いいだくだく》と従った。

トランクスが露《あらわ》になると、アイドルめいた可憐《かれん》な衣装も、急に俗っぽい雰囲気へ変わる。

そこで百音が、いきなり立ち上がった。

「晶クン、ちょっと待っててねぇ？」

軽い調子で言い置いて、部屋から出ていってしまう。

「……あれ？」

残された晶は困惑混じりに身を起こし、乱れていたスカートの裾を整えた。

(百音さん、何を思いついたの……？)

たぶん、良識的なことではないだろう。

それから数分と経たないうちに、百音は部屋へ戻ってくる。手には白いタオルが数枚と、水彩絵の具を洗うためのバケツがあった。

さらにバケツの中へは、何かの液体が溜まっているらしく、縁からは絵筆も二本、ひょっこり飛び出していた。

「えと、今日は水彩画に変更ですか……？」

晶が聞けば、百音は含み笑いと共にかぶりを振る。

さらに床で膝立ちとなり、タオルとバケツを脇へ置いた。

「晶クン、こっちを向いて座り直して？」

この新たな要求に、晶も両足を床へ下ろして、ベッドの縁へ腰かける。ついでにバケツを覗き込めば、入っているのは水ではなかった。無色透明ながらも、光の跳ね返りがどこか鈍いのだ。

百音もこの視線に気づき、筆先で液体をすくう。液は粘度が高く、筆と水面の間で、太く糸を引いた。

「これはねぇ、ローションだよ」

「ローション……？」

粘液を使ったマニアックなプレイなんて、初心《うぶ》な晶には知識がない。とはいえ、ヌルつく見た目からは、我慢汁や愛液を連想させられる。

「そ、そういうのも、絵に使うんですか？」

人によっては、インスタントコーヒーだって、変わり種の絵の具として活用できるのだ。百音も何か閃《ひらめ》いたのかも——と、少年は常識的な判断へしがみつこうとした。

しかし、百音はすぐには答えてくれず、むしろ自分からも質問をぶつけてくる。

「ねえ……先週、知佳の部屋へ行ったあと、君たちはどんなお話をしたのかな？」

「え……っ」

さっきの追及は、まだ終わっていなかったようだ。

ただ、晶からすれば不意打ちで、彼はしどろもどろになってしまう。

「べ、別に、大した、ことは……っ」

一方、百音の口元へは、挑発的な笑みが浮かんでいた。

「またまたぁ。パイズリでイッたあとに呼び出されたんだよ？　何もなかったってことはないでしょお？」

「えと……それはまあ、僕はかなり混乱してましたから……百音さんにされたことは忘れたほうがいいって……い、言われました……」

「ふぅん？　あたしはもっと別の何かが、あったと思うなぁ。だって君ってば、まだ二度目の女装のはずなのに、妙に慣れた感じだもん？　知佳とこっそり練習とかしたんじゃなーい？」

「いえっ……！」

アイドル衣装へ着替えて以降、あまりに言いなりすぎたせいで、かえって怪しまれたらしい。鋭い指摘に、晶は逃げ道を塞《ふさ》がれていく心地だった。

「あれから一週間経ってますしっ……ぼ、僕だって、そのっ、心の準備をしてきましたから！」

「ふぅん？　君も聞いてるかもしれないけどね……？　知佳とあたしの間には『決まりごと』があるんだよ。お互い、制作の邪魔はしない。これに違反したら、罰を一つ受けてもらう、ってね？」

「罰ですかっ？」

前半はともかく、後半は初耳だ。きっと、こちらへ心配させまいと、知佳が意図的に伏せたのだ。

「それって……どんなことをするんでしょうか？」

「特に決まりはないよぉ？　邪魔された側が指定することになってるの」

百音は端の垂れた瞳を小悪魔っぽく細める。

この口ぶりからいって、過激なお仕置きもありえるのかもしれない。何せ、初対面も同然の相手の勃起姿を、平然と撮影するのが百音だ。

晶は額へ汗が浮き、そこへ追撃さながら、さっきの問いを繰り返された。

「ね、女装について心境が変わること、知佳との間にあったんでしょお？」

「……ありませんっ」

「本当かなぁ？」

もう意地でも言い張るしかなかった。

「本当ですっ」

すると、百音の責め方も変わる。

「ふふっ。知佳ってば律儀《りちぎ》な分、隠し事が下手なんだよねぇ。あの子を問い詰めれば、真相はすぐわかると思うんだよぉ」

「何を……言いたいんですか……？」

「君があくまで、知佳とは何もなかったって主張するなら、あたしはそれを信じてあげる。知佳のほうも、追及しないことにするよ？」

「本当ですか？」

「うんうん。ただし……君にはちょっとした尋問《じんもん》を受けてもらうけどねっ？」

直後、百音はローションを含んだ筆を、二本ともバケツから持ち上げた。その先から垂れる汁の粘り具合は、さっき見たときより、もっと不穏だ。

「って、何する気ですか……!?」

「んーとね、君がパンツを脱げば、すぐにわかるよぉ？」

この時点で、答えは出たようなものだろう。

しかし断れば、知佳が罰を受けかねない。

知佳への負い目を抱えつづける晶には、選択の余地などないのであった——。

百音が持ってきたタオルの何枚かは、シーツの上へ敷かれた。残りは床に広げられた。

「晶クンは、そこに座ってね？」

そう言って、百音がベッドのタオルを指で示したので、晶も腰の位置をずらす。

すでに彼は、スカートとトランクスを脱いでいた。

だが女装だけならともかく、股間が丸出しなんて状況、数回繰り返した程度では、まだ慣れない。そのくせ、ここまで防いできた勃起も始まって、竿は元気に上向きかけていた。包皮の下からはみ出たカリ首だって、茸と似た形に盛り上がる。

（これじゃまるで、尋問を望んでたみたいだよ……！）

晶はあらぬほうへ顔を背けかけ、

「こーら、晶クン。何をされるか、ちゃんと見てなくちゃ駄目だよぉ？」

百音から注意されてしまった。

それで仕方なく、視線をペニスに固定する。込み上げてくる羞恥は、尻の両脇で両手を握って耐える。

「は、早く……始めてくださいっ……！」

強がり混じりに声をあげれば、百音を急かすみたいになってしまった。

「そんなふうに言われたんじゃ、仕方ないなぁ」

床に座った百音も、まるで要望へ応えるみたいな口調で、二本の筆を持ち上げる。

太い筆は右手で持ち、左手のほうには細い筆だ。その二本の先端を、彼女は同時に亀頭へ押し当ててきた。

グチュリッ！

「は、ぅうん……っ!?」

思った以上のくすぐったさに、のっけから晶は尻を浮かせかける。

毛先はどちらも柔らかく、牡粘膜へ当たるや否や、フニャッと先端を曲げた。その分、吸い付いてくるような感触で、どこか知佳の口淫と似ていた。

もっとも、ローションは唾液以上に量が多く、かつ卑猥にネバついている。毛のほうもまとまった塊《かたまり》に見えながら、一本一本が個別に亀頭へ形を合わせてきた。生まれた粘着ぶりたるや、ひょっとしたら舌を超えているかもしれない。

この初めての感触に、晶の男根もいっそう大きくなる。若い竿が、赤っぽい亀頭が、瞬時に最大サイズへ至ってしまった。

百音はからかい混じりの視線を、亀頭から晶の顔へ移す。

「これは尋問なのになぁ？　晶クンたら、筆でされるのが大好きになっちゃいそうだねぇ？」

「べ、別にっ……！　そんなっ、ことっ……ありません……！」

晶が言い返せば、彼女の語調は何故かガラッと変わり、

「晶クンっ、真実を教えてくださいっ！　あたしには知る権利があるんですっ！」

「は、え、えっ!?」

晶は意表を衝かれ、直後、百音が芸能記者を真似たのだと気づいた。

つまり、スキャンダル会見のごっこ遊びだ。自分は容赦《ようしゃ》なく詰め寄られるアイドルの役。

同時に筆も亀頭の上で滑りだし、むず痒さは格段に強まった。

「あ、つっ、んあぅっ!?」

まるで粘膜内へ染み込んで、神経を直になぞるような感触だった。

晶もとっさに腰を揺らし、筆と自分の弱点を、ますます擦り合わせてしまう。

「やっ、やめっ、待ってっ、くださっ……百音さんっ、これっ、へ、変ですっ!?」

必死に訴える声の端々が、情けなく跳ねた。

そこを狙って、百音は細筆をエラの陰へあてがう。毛先をすばやく走らせて、掃《は》くように窪みをくすぐりだす。

一方、太筆は亀頭に残し、張り詰めた広範囲を好き勝手になぞり上げた。

「あっ、やっ、そんなにされたらっ、僕っ、あ、あ、んあぁ……っ!?」

パイズリにしても、フェラチオにしても、主体となるのはザーメンを組み上げるようなピストンだった。しかし、筆のうねりはそれらとまったく違う。亀頭にだけ悩ましさを集め、長々と時間をかけて、射精と同じ量の子種を染み出させそうなのだ。

現に鈴口からは我慢汁が溢れ出し、ローションと混ざって、粘っこく光る。しかも、舐めるように竿と玉袋を伝い、タオルへまで染みを作りはじめた。

「感想ならしっかり述べてくださいっ。曖昧な表現は許されませんよ、晶クンっ！」

百音は記者っぽいしゃべりのまま、真上を仰ぐ鈴口まで標的にする。

ふだんなら、ほぼ閉ざされている縦長の穴だって、今やヒクつきながら緩みきっていた。それだけに太筆の先端が割り込みやすく、晶は亀頭以上に脆い粘膜の縁まで、好き勝手に捏ねられる。

こちらのむず痒さは鈍痛交じりで、少年の上体も反射的に前へ折れた。

「も、百音さんっ……！　僕のおち×ちんっ……中からっ、破裂しそっ、なんですぅうっ！　は、あぁあんっ！　うあっ、ぁぁああっ！　おかしくなるぅぅうっ!?」

強要されるまま、晶はどうにか具体的な表現を捻り出そうとした。

もはや、それは単なる比喩《ひゆ》ではない。尿道へ練り込まれる刺激ときたら、本当に亀頭をパンクさせかねない強烈さなのだ。

しかも百音は、細筆のほうだって存分に使いつづけた。

絵を描きなれているだけあって、彼女の力加減はやけに上手く、強めに押して存在感をアピールしたかと思えば、触れるかどうかの微妙なタッチによって、晶のもどかしさを引き出していく。

「つまり、晶クンはこんなマニアックな愛撫が気持ちいいんですねっ？　女装しながら筆で虐《いじ》められて嬉しくなっちゃう、ド変態になっちゃったんですねっ!?」

「ぼ、僕はっ……変態、なんかじゃ……っ!?」

その自覚もないわけではないが、百音を相手には認められない。

少年は否定しようとして――次の瞬間、筆の速度がまた上がった。

「は、つぁぁあっ!?」

亀頭へ戻った太筆は、小刻みなリズムで、何度も何度も円を描く。

細筆は裏筋にまで嬲る範囲を広げて、すばやい上下の往復だ。

ヌルッ、ズル、グチュグチュッ……！　ズチュッ、ニチャッ、ニチャニチャッ！

「晶クンっ、本当に筆を止めてほしいんですかっ？　どうなんですかっ？」

「んあっ、うぅうっ！　それ、はっ……！」

「正直なお気持ちをお願いしますっ！」

なおも畳みかけてくる美女へ、晶はとうとう泣き声を迸《ほとばし》らせてしまった。

「つ、続けてっ……続けてほしいですっ！　ううんっ、もっと、もっと乱暴にしてほしいんですぅうっ！」

ここで意地を張れば、きっと百音は行為を中断してしまう。そうなったら、自分はもどかしさから抜け出せない。

そんな焦りから、素直に答えたのだが、

「おおっと！　晶クンのお返事、いただきましたっ。これは貴重な情報ですっ」

などと囃し立て、百音は両方の筆を、男根から遠ざけてしまう。

「え、ええっ!?」

晶はとっさに、哀願《あいがん》の目線を彼女へ向けた。

そこへ素に戻った百音の、緩いながらも容赦ない指摘だ。

「だって、これ尋問なんだよ？　晶クンの望みに応えたら、意味ないってば」

「あ、うく……っ」

これで肉悦に脳天を焼かれていた晶も、百音の狙いを思い出した。

彼女は晶と知佳の間に何があったか、詳しく知りたがっている。ローション責めを始めたのも、そのためだ。

「ねぇねぇ、ねえ晶クン。知佳とどんなお話をしたのか、何をやったのか、ちゃんと教えてよぉ？　そぉすれば、君がしてほしいだけ、筆を使ってあげるよ？　ううん、それだけじゃなく、もっともっと気持ちいいことも教えちゃうっ」

彼女は好奇心むき出しの子供みたいな顔で、意地悪な質問を蒸し返した。

のみならず、セリフの途中で、何度か筆の先を亀頭へ絡ませる。おかげで少年の神経には痺れが留まって、楽になることが許されない。

こんな焦らしを続けられたら、気が狂いそうだ。

しかし――、

「ん、くっ！　はふっ、ぅうん……っ！」

晶は唇を結んで、首をブンブン横へ振る。

知佳のことは二度と裏切れない。これだけは、どんな苛《いじ》め方をされても絶対だ。

すると百音は溜息交じりに、筆をバケツへ突っ込んだ。そうやってローションを補充したら、二度目の積極的な筆遣いへ取りかかる。

今度はさっきと違い、両方の筆を亀頭の左右で揺らすやり方だった。スティックで小太鼓を連打するドラムロールさながら、粘膜の表と裏を忙《せわ》しくなぞりだしたのだ。

「つはっ、んぁぁあはっ!?」

「どうですかっ、晶クンっ！　ちゃんと答えるしかありませんよっ!?」

大小の毛先に叩かれた牡粘膜の上では、猛烈なくすぐったさが弾け、弾けて、弾けて、弾けに弾けた。

おかげで晶の性感もぶり返し、亀頭は淫靡な刺激をいくらでも吸収してしまう。

もっとも、筆の動きは再び、前触れもなく止まった。

「は、ぅうっ!?」

「さぁて、今度はちゃんと教えてくれるかなぁ？」

百音がその気なら、生殺しはきっと二時間でも三時間でも続くのだろう。

――怖い。

晶は全身が総毛立った。

その動揺をすばやく見抜き、百音もさらに促《うなが》してくる。

「中途半端な気持ちよさがいつまでも続いたら、おち×ちんが異常を起こしちゃいそうだよね？　そうなったら、君は将来、ちゃんと勃起できなくなるかもだよ？　EDってヤツ？」

「そ、んな……！」

ペニスが使い物にならなくなる——この脅しも、多感な年ごろの少年には、抜群の効き目があった。

晶はビクッと腕を竦ませて、そこへ三回目の筆遣いが戻ってくる。やり方は打って変わってねちっこく、ローションと我慢汁を、牡肉へ幾重にも塗りだした。

これがまた悩ましい。粘汁はまるで、理性を融解させる消化液だ。

「ぼ、僕っ、嘘なんて、吐いていませ、ん……っ！　もうっ……もぅっ、やめて、くださいっ……ひぅっ、く、んぁううっ！」

「あれぇ？　さっきは続けてほしいなんて言ってたのにぃ？」

「それはっ……取り消しますっ……！　終わりでっ、ぃ、いいですからぁっ！」

晶は前かがみのまま、口をパクつかせた。

せめて己を鼓舞するために、知佳の顔を思い浮かべようとするが、快楽は彼へ考えを纏めさせてくれない。

筆はそれからも、離れては戻り、戻っては離れて、男性器を嬲りまくった。

だが、五度目の筆遣いのあと——ついに百音のほうが折れる。

「……あーあ、晶クンてば頑張るなぁ。ここまでガッツを見せられちゃったら、あたしも諦めるしかないかぁ」

愛撫も完全に引っ込められて、晶はやっと四肢から力を抜けた。

亀頭はまだムズつきつづけるが、とにかく秘密を守れたらしい。

「信じて、くれたんですか……っ？」

「うん、あたし、君を見直したよ。てゆーか、惚れ直しちゃった」

「ほ、惚れっ⁉」

不意の告白に、ギョッとさせられる。いや、たぶん冗談だ。

百音も真偽《しんぎ》を語ることはなく、右手をバケツへ突っ込んだ。白魚のような指へ、直接ローションをまぶしはじめた。

「え、あのっ、百音さんっ？」

晶が恐るおそる呼べば、濡れた右手はヌメッと持ち上がり、無造作に亀頭へ乗せられる。

「はぅうっ！　んぐっ、ぅううっ⁉」

かつてないほど感度を研ぎ澄まされていた男根にとって、接触は猛毒めいていた。

しかも、百音はそこから五指を曲げて、牡粘膜の塊をしっかり握る。

「あ……ぉ……ぉぉお、ああっ……!?」

晶の意識はひとたまりもなくホワイトアウトしかけ、そこへ百音が明るく宣告だ。

「今回もあたしが男の子へ戻してあげるよ。今はまだ、スキャンダラスな美少女アイドル、後藤晶クンのままだもんねぇ?」

「あ、あ……うあぁあっ!?」

本当に追及が終わったのなら、もう肉悦へ逆らう必要はない。しかし、女装少年の意識へは、感じたら駄目という直感が残っていた。だから、彼は引き攣る喉を波打たせ、無我夢中で訴える。

「やっ、やぁあっ! い、ぃ、今されたら僕っ……おぉおおかしくぅうっ、なっちゃい、ますからぁあっ!?」

それなのに、百音は耳を貸してくれなかった。捕えたペニスを自分のほうへ引っ張りつつ、

「ベッドから降りて、晶クン? その位置で精液をピュッピュしたら、床が汚れちゃうし……ほらほら、こっちぃっ」

「は、ぁ……あっ……あぁんっ⁉」

ご主人様にリードを握られた子犬よろしく、晶は怒張を捕えられたままで、ベッドから滑り降りた。竿をへし折られないようにと踏ん張って、床へ並べられたタオルの前で膝立ちだ。

そこからは百音も、テクニックなんて置き去りに、荒っぽい手コキへ専念しはじめた。我慢汁とローションをグチュグチュ鳴らし、手のひらを降ろす際には、竿の根元までストレートに突っ込んでくる。逆に登るとなれば、張り出すエラを踏み越えて、粘液まみれの亀頭まで擦り立てた。

滑りやすい牡肉を逃さないようにするから、握力もかなり強い。

結果、竿の皮はバネみたいに伸び縮みして、亀頭では痺れが立てつづけに爆ぜた。スペルマだって、睾丸からグイグイ昇ってくる。あっという間に、硬い竿の根元を満たしてしまう。

晶はとっさに尻を引き締めて、尿道を狭めた。しかし、抑え込まれたザーメン塊は、目詰まりを起こしたように、少年を身体の内側から責め立ててくる。

「あ……うぁぁあうっ！　出るっ、で、出ちゃぅうっ！　僕っ、イッちゃいますぅぅうっ⁉」

「んふふぅっ！　イッちゃえイッちゃえ、晶クンっ！　君の恥ずかしいイキっぷり、国民のみなさんに見せてあげてくださぁいっ！」

「ぁああっ！　い、言い方っ……！　そんなふうに言われたらっ……僕っ、恥ずかしくてっ……ぅ、ぅうぁあああっ⁉」

可憐な衣装を着た晶のよがりようは、上半身だけなら、本当にアイドルさながらだった。

そのまま、彼は肉幹を扱かれつづけ、とうとう自分の子種にペニスの中心を貫かれる。

「ぁああっ！　出るっ、僕っ、出るぅううぅっ⁉」

ビュクッ、ビュクビュクッ、ビュブブゥッ！

アブノーマルな筆遊びを燃料とした射精は、いつも以上に勢いが乗っていた。白濁もせっかくのタオルを飛び越えて、フローリングの床へ落っこちる。

「あらー、結局は床を汚しちゃったねぇ？」

「……ぁっ……す、すみま、せ……！　ぅ、ぇ……ええ⁉」

晶の謝罪は途中で断ち切られた。

亀頭を摑んだままだった百音の手が、グニグニ蠢きだしたのだ。達したばかりの牡粘膜には、これが怒濤《どとう》の疼きの源《みなもと》となる。

「な、なんで……ぇ！　ぼ、僕っ……もうイッたんですよぉおっ!?」

もしかしたら床を汚した罰なのかも、という考えも頭をかすめたが、百音は愉《たの》しげに聞いてきた。

「晶クンは潮吹きって知ってる？　エッチ用語なんだけどぉ？」

「な、あっ!?」

そんなもの、クジラがやる以外に知らない。

晶が話へついていけずにいると、甘い口調の説明だ。

「普通は潮吹きって、気持ちいいところを弄《いじ》られた女子が、汁を飛ばしちゃうことをいうんだよ？　でもねー、いじめられつづけたおち×ちんも、透明なおツユを打ち上げることがあるんだって。晶クンなら一発でやれちゃうんじゃないかなぁ？」

「無理ですっ、む、無理……っ！　許してっ……く、くださ、ぁひぃいいっ!?」

無慈悲《むじひ》な手コキを続けられ、晶は意識が焼き切れそうだった。

なんとか愉悦へ抗おうにも、震える脚では踏ん張りきれない。それどころか籠めた力が亀頭へ汲み取られ、ピークだったはずの悦楽を、さらなる高みにつり上げる。

「ぁあぁあっ！　ひ、いやぁあっ!?」

加えて、百音の発言を裏付けるように、何かが男根の根元へ迫ってきた。ザーメンほど重くないものの、代わりに量が多く、水っぽく、堰《せ》き止めるのが難しい。

この感覚、絶頂の前触れと似ているようで、だいぶ違った。まるで尿意を我慢させられているみたいで、射精以上に恥ずかしい粗相を、美女の部屋でやらかしそうだ。

「で、ででっ、でぇえっ……出っ、出ちゃいっ、ますぅうっ！　僕っ、またイッて……ええっ……あっ、違っ、これぇえっ、も、漏れちゃうぅううぅっ!?」

支離滅裂《しりめつれつ》に喚《わめ》く間に、肌という肌が粟立った。白とピンクのアイドル姿も弓なりに反って、股間を前へ出してしまう。

「う、あっ、うぅうぁああっ！　出るっ！　出るぅううぅうっ!?」

晶は金切り声で吠えた。次の瞬間、透明な汁が大量に鈴口から迸る。その一部はタオルへ落ちたが、残りの大半は放水さながらの勢いで、床へ飛び散っていった。

すべてを見届けた百音も、感極まったような歓声をあげる。

「ふわはぁあっ、すっごぉおいっ！　おしっこみたいなおツユがっ……あぁんっ、晶クンのおチ×ポからビュービュー出ちゃったぁあぁっ！」

「は、ぁっ……ぁぁ……っ」

朦朧《もうろう》としていても、美女の声ははっきり聞こえてしまった。

晶はできれば耳を塞ぎたい。

なのに、腕が上手く上がらない。

哀れなアイドル姿のまま——もうささやかな願いさえ、叶わない彼なのであった。


床へ飛んだザーメンと汁は、百音によって、てきぱき片付けられた。

一方、晶はといえば、夢うつつのまま、彼女の動きを目で追うだけだ。

やがて、百音は手のローションまでタオルで拭い、部屋の隅へ置かれていた小型の冷蔵庫から、鼻歌まじりに何やら取り出した。

「晶クンにあげる」

「あ……」

操《あやつ》られるように晶が受け取ると、それは有名なメーカーの栄養ドリンクだった。

「ググっといっちゃってねぇ？」

「…………は、はい」

これまでにされたことを考えると、何か仕込まれていそうな気もする。だが時間をかけたところで、どうせ最後は押しきられるのだ。

晶はほとんど諦めの境地で、瓶の蓋を取った。そのまま中身を一息に呷《あお》れば、濃厚でヒリつくような甘辛さ、さらに漢方めいた匂いが、口内へ広がる。

どうやら瓶に悪戯《いたずら》されているというのは杞憂《きゆう》だったらしく、意識も少しだけすっきりした。

そこへ寄り添うように、百音が身を屈める。

「ちょっと思ったんだけど、晶クンって二時間サスペンスの不遇なゲストヒロインっぽさがあるよね？」

「ど、どういう意味ですか……？」

「流されないようにって頑張るほど、事態を悪化させてくタイプっていうか？」

「変なたとえ、やめてくださいよ……っ」

失礼な評価だ。しかし、なんとなく頷けてしまう。

そこへ百音が、当然のように手を伸ばしてきた。スベスベした手のひらは、またもむき出しの亀頭へ乗せられて、軽いタッチで粘膜表面をさすりだす。

「ちょっ……百音さんっ！　は……ぅうぅっ!?」

晶は腰が砕けかけた。床へ座っていなければ、盛大にバランスを崩していただろう。

さらに百音も距離を詰め、鈴口を人差し指でなぞる。エラへは小指を引っかける。

残り三本の指でも、亀頭表面を無軌道に玩弄《がんろう》だ。

「やめて……ください……っ！」

乱暴に押し退けるのは気が咎《とが》めて、少年の抵抗は形ばかりとなった。

それをからかうように、百音が薄く笑う。

「んふふっ、そういうとこが薄幸のヒロインふうなんだよ、晶クンっ。それに水分と養分を補給したんだもん。もう一回ぐらいできるでしょ？」

栄養ドリンクには、そういう目論見《もくろみ》があったらしい。

「む、無理ですっ……僕は、そのっ……潮吹きっていうのまで、させられちゃったんですから……っ」

あの感覚は本当に凄まじかった。出してはいけない物まで発射した気分だった。それなのに続きまでやらされたら――。股間がどうなるかわからない。

もっとも、百音は聞く耳を持ってくれなかった。

「平気だよぉ。まともな受け答えだって、こうしてできてるじゃない。それにさぁ……ほらっ」

次の瞬間、彼女の指がいきなり速まった。おかげで晶を苛《さいな》む疼きも、頭頂部まで突き抜ける。

「ここまで感じやすくなってれば、最高に気持ちよくなれるよぉ？」

「やっ、やぁあうっ！　ひ、ふぐううぅうんっ！　本当にっ……駄目ですってばぁっ!?」

これ以上は耐えきれず、晶も本気で指戯を遮ろうとした。

すると、チュッ。

百音が突然、頬へ恋人みたいなキスをする。

唇の柔らかさは、強烈な性技と不釣り合いで、だからこそインパクトが大きかった。

「うあっ、え、えっ!?」

晶は伸ばしかけた腕が止まり、そこへ甘い声色の誘惑だ。

「ね……今日は本番のエッチまで、しちゃおうよ？」

「あ、あの……でもっ……！」

「駄目ぇ？」

経験の浅い晶にはもはや、百戦錬磨《ひゃくせんれんま》と思しき相手へ反対しつづけるなんて難しい。

自分がこのまま流されていくことを、彼は混濁《こんだく》した意識のなか、はっきり予感したのであった。

結局、晶は床へ仰向けに寝かされた。頭の下には、汚れていなかった残りのタオルが、枕代わりに置かれた。

一方、百音は手早く服を脱ぎはじめている。

もう彼女の身には、トレーナーもジーンズも残っておらず、さらに晶が見ている前で、下着と靴下まで平然と脱ぎ捨てられた。

これで魔性の美女は、一糸まとわぬ丸裸だ。色白の肩や背中へかかるのも、豊かに波打つ茶髪だけとなる。

「ぁぁ……百音さん……」

ここまで望まぬ展開ばかりだったはずなのに、晶は感嘆《かんたん》の息を吐いてしまった。いや、自分だって心の奥では期待していたのだと、今になって思い知らされた。

やっぱり、百音は美しい。ボリュームがあるのは髪の毛だけでなく、バストだって特大だ。そのふくよかな丸みの先端では、茶色がかった乳首が、刺激を望むようにしこっていた。

さらに二の腕と腿、腰の括れなども、自然な曲線が美術品めいている。

だが、自分はこうして仰向けにさせられた。となれば、今から百音が上に来るのかもしれない。

(これって……僕が抱かれる側になるのかな……っ)

アイドルふうの衣装と相まって、いっそう倒錯的な気分に陥ってしまう。

そこへ百音がにじり寄ってきた。四つん這いの彼女は尻を揺らし、下向きになったバストをタプタプ弾ませながら、

「ふふっ、アイドル衣装だと、おち×ちんとのギャップがすごいねぇ？　まるで可愛い女の子へ、長いものが生えちゃったみたい……っ」

などと意地悪いセリフまで口にする。

しかも、マイクを握るような手つきを、晶へ差し伸べて質問だ。

「晶クンっ、知佳とはどんな格好でしたんですかぁ？」

「あ、えっ……」

蠱惑《こわく》的な肢体に目を奪われていた晶だから、危うく口を割るところだった。

「な、なんのこと、ですかっ……？」

寸でのところで聞き返せば、百音も手を引っ込める。

「んー、なんとなく記者会見の続きをしたくなっちゃって？」

「もう……ああいうは止めてください……っ」

油断は禁物と、晶は改めて己を戒《いまし》めた。

しかも、百音は身を起こし、ゆっくり彼の腰を跨《また》ぐ。自分の優位に確信がある顔つ

きで、正面から見下ろしてくる。

こうなると、爆乳のボリューム感も数段増しだ。膨らみが少年の顔へかぶせられれば、柔肌は瞬時に口や鼻と形を合わせるだろう。そのときは窒息だってありえる。

「ふふっ、騎乗位になっちゃうと、インタビュアーっていうより、アイドルを監禁したストーカーっぽいね？　よぉよぉ、エッチな秘密をばらされたくなければ、俺様のものになれよぉ」

などとふざけた演技を続けつつ、百音はそっくり返っていた勃起ペニスを、右手で引き起こした。

「ぁあっ!?」

不意打ちめいた刺激に、晶は鳴き声をあげてしまう。

美女の動きは、そこから先も滑らかで、バストに負けないほどの肉感的な色白ヒップを真下へ降ろした。亀頭の切っ先に、濡れそぼった割れ目を密着させてきた。

「は、ぅうう っ！」

鈴口を襲う熱い感触で、晶も再び身悶えだ。彼の意識は、股間部へ引き寄せられ、女性器の形を目《ま》の当りにする。

「あっ……」

麗しい他の部位と違い、そこは実に生々しかった。

最も目を引くのは大陰唇で、妹のものより、ぽってり肉厚だろう。しかも蕩けるように柔らかく、亀頭とちょっとぶつかっただけで、もう左右へ広がりかけている。一方、小陰唇は充血して質感を増しながら、柔軟さと共に弾力も際立った。

それらをこんもり縮れた陰毛が、黒々と囲む。愛液だって大量で、秘所全体を鈍く光らせる。

「ふふぅ、晶クン、舐めるように見てますねぇ?」

「ぅ、わわっ……すみませんっ……」

からかわれた晶は、慌てて目を相手の美貌へ戻した。するとそちらでは、悪戯っぽい微笑みが待っている。

「あ……っ」

これでは百音の秘所も顔も、恥ずかしくて見られない。

とっさに壁のほうを向けば、百音が絶妙のタイミングで腰を前後させはじめた。性器同士も本格的に擦れ、

「ぅ、くぅううっ!?」

晶は粘膜を炙られるようだ。

ただし、ここまでずっと気ままに振る舞いつづけた美女も、切なく声を震わせだしている。

「は、ぁぁんっ……！　晶……クっ……ンぅうっ！」

おかげで晶の視線は、反射的に百音へ戻された。

彼女は瑞々《みずみず》しい頬を赤く染めながら、眉間に皺を寄せている。端の垂れていた瞳も、何かを堪えるように細めている。

そこで少年の目線に気づいたらしく、口角をぎこちなく上げた。

「ん、ふっ……いやらしい声、聞かれちゃったぁ……っ」

そう言いながら、百音は己の膣口と位置を合わせるために、摑んだ牡肉の角度まで変えはじめた。

「あンっ、あっ……君のおち×ちんっ、擦れちゃってる……ねぇっ!?」

声音は一段とはしたなくなって、

「はうっ！　ん、んんぅうっ……!?」

晶だってろくに返事できない。彼の気持ちは今や、百音の美貌にも、ぐしょ濡れの秘唇にも傾けられて、上下へ分断されそうだ。

しかも、百音はさほど時間をかけることなく、亀頭を肉穴へめり込ませた。直後には、股間全体を下ろしだした。というよりも、蜜を湛《たた》えた膣肉を、竿の根元まで一直線に落としてきた。

「うあっ、はぁああっ!?」

猛スピードでペニスを呑み込む彼女の肉壷は、窮屈さだけで比べるなら、知佳のものほどではない。とはいえ、亀頭へみっしり形を合わせる点は変わらず、中には蠢く襞が寄り集まっている。

むしろ膣壁が柔軟な分、熱を帯びた襞は、異物へ甘ったるく纏わりついてきた。

しかも最後には、ひしゃげんばかりの勢いで、子宮口が鈴口へ衝突だ。

「あっ、ぁあああんっ！　来たのっ！　おち×ちんっ、来たぁぁはぁああっ！」

大事な場所を自ら打ち抜いた百音は、後ろへひっくり返りそうな不安定さで、四肢をブルブル震わせていた。

ただし、指の先まで引き攣ってなお、前へ突き出された爆乳だけは、ひたすら柔らかい。二つの丸みは、裸身が勢いよく降りた瞬間、出遅れたように上へ弾んでいた。

直後に肢体を追いかけて、下へもグニニッとたわんだ。

一方、晶も硬直しつづけるしかなく、口からは切羽詰まった喘ぎ声が漏れる。

「は、ぁあっ……ぅあぁぁうっ!?」

肉棒内で飽和《ほうわ》状態となった痺れは、残りわずかだった彼の思考力を、見事に消し飛ばしていた。しかも頭の中が白く染まる間にも、触れ合う襞はうねうね躍って、追加の快感を注入してくる。

そこで官能の衝撃から抜け出した百音が、舌なめずりせんばかりの表情を浮かべた。

「思ったとおり、だよっ……！　晶クンのながぁいおち×ちんっ、赤ちゃんの部屋へ入っちゃいそうなぐらいっ、グイグイ当たってきてるのぉ……っ！」

「も、百音さんっ……」

呼びかけられたおかげで、晶もどうにか我に返れる。

しかしマイペースな百音は、早々と次の段階へ移ろうとしていた。

「あたしっ、このまま動くからっ……！　いいっ？　いいよねっ⁉」

勢いよく捲し立てるや、彼女の腰はめいっぱい上昇だ。そのテンポは挿入時と変わらず、過敏なエラの張り出しへ、襞を片っ端から引っかける。

おかげで晶を見舞う肉悦も、粘膜の外まではみ出そうに膨らんだ。

「う、ぁああっ⁉」

彼が腿を突っ張らせれば、百音はますます声を張り上げる。

「あぁあんっ！　いいよぉおっ！　あたしぃっ、アイドル姿の晶クンをっ、犯しちゃってるぅうっ！」

どうやら、なす術《すべ》もない少年の姿に、サドっ気《け》を刺激されたらしい。ペニスが抜ける寸前まで持ち上がった彼女の腰は、そこから一瞬たりとも止まらなくなった。

始まったのは、むっちしりした太腿へ力を籠めながらの、肉感的なピストンだ。上へ跳んだら、下へダイブ。ジャンプするようなこの動作によって、長い茶髪も妖しく躍った。肩や腰も、溢れんばかりの性欲を持て余すように、左右へくねった。

ましてや爆乳ときたら、挿入の瞬間に見せたバウンドがノンストップだ。膨らみは互いにぶつかり合うほど谷間を狭めつつ、歪み、たわんで、乳首をビー玉よろしく打ち上げそうですらある。

「ぁぁああっ！　晶くぅんっ！　晶クンはっ、どうかなっ！　おち×ちんっ、気持ちよくなれてるぅうっ!?」

調子に乗ったこの問いへ、晶はかすれた懇願《こんがん》を吐き散らしてしまった。

「だ、駄目ですぅうっ！　これだと僕っ、か、感じすぎでっ……百音さんっ、お願いだからっ、もっとゆっくりぃいいっ！」

相手が主導権を握る騎乗位だから、自分ではペースを決められないのだ。扱かれつづけた急所の官能神経は、過度の快感によって焼き切れそうだった。潮吹きなんて無茶をさせられたあとだと、それが単なる想像だなんて思えない。

「あっ、もぅっ……晶クンってばっ、しょうが、ないなぁっ……！」

百音も珍しく、必死の訴えを聞き入れる。腰を落としきったところで、抽送を止めてくれる。

とはいえそこから、彼女の肢体は前後左右へグラインドしはじめた。

結果、亀頭が臍寄りの襞に熱く受け止められて、裏筋は肛門側の襞にしゃぶられる。さらにエラの前後左右が、傾いた先で不規則に捏ねくり回されて、精液の集まりつつある竿の根元まで緩みかけた。

これでは楽になるどころか、刺激の形が変わっただけだ。

「百音さんっ！　百音さぁぁんっ！　待ってくださいっ！　これじゃっ、僕ぅううっ！　変なイキ方っ、しちゃいそぉですからぁあ！」

晶は喉を嗄《か》らして喚くものの、今度の訴えは無視される。それどころか、百音の悪戯心を、一段と煽《あお》ってしまったらしい。

「見てっ、晶くぅうんっ！　あたしのおっぱいっ、こんなにやらしい形にっ、なっちゃうんだよぉおおっ！」

言い放つや、彼女は質感たっぷりに揺れていた自らの爆乳を、一つずつ鷲掴みにした。手つきは搾乳さながらで、魅惑的だった膨らみを、ひょうたん型に歪ませる。

のみならず、親指と人差し指を尖りきった乳首へやって、斜め上へ引っ張ったり、ダイヤルよろしく捻ったりだ。

「は、ぁああぁあんっ！　ほらっ、ほらぁっ、こっちもぉ、こんなぁあっ！　あ、あたしの乳首ぃっ、取れっ、ちゃうぅううっ!?」

彼女は自分の胸にも、手加減をしなかった。

仰向けの晶からすれば、ペニスを揺さぶられながら、ド迫力のオナニーショーまで見せられる格好だ。

「ど、どぉっ……晶クンっ！　あたしの胸っ、大きすぎて不格好じゃない、かなぁっ!?」

そんなふうに聞かれ、彼はすぐさま否定したくなる。

「百音さんっ……百音さんの胸ぇっ、すっごく、ぅっ……！　綺麗っ、ですぅうううっ！」

状況が状況だけに、許しを請《こ》うみたいな声音となってしまったが、感想そのものはストレートだ。

百音も嬉しそうに口元を綻ばせ、上体を前へ倒してきた。

「そっ……そんなに褒めてくれるならぁっ、君にもっ、触らせてあげるぅうっ！」

彼女の手のひらは、バストから晶の腰の脇へ移り、自分を支えるために使われだした。一方、解放されたバストは再び弾み、まるで熟しきった果実みたいだ。

さらに下でも、肉壺とペニスの繋がり方が大きく変わる。

「は、ぅううっ!?」

竿の角度が本来の上向きへ近くなったせいで、晶は子種を中へ通しかけた。

慌てて薄い尻を固めて射精を防ぐが、百音は努力を弄ぶように、下半身をしならせる。

「ねぇっ、早くぅっ……揉んでくれないならっ、引っ込めちゃうよぉっ!?」

「は、はいっ……はいぃっ！」

晶は口をパクつかせ、溺れた者が助けを求めるみたいに、腕を上へ持ち上げた。

「僕、揉みますっ……百音さんの胸っ、弄りたいです……ぅ！」

圧倒的な肉悦に晒されながらだと、それが自分の本心か、相手から急かされたゆえなのか、まるで区別がつかない。

ともあれ、百音の腕とぶつからないように、肘を曲げ、手首を捻って、両方のバストを下から支えた。

途端に下向きだった乳首の硬い感触で、手のひらの一点を押し返される。膨らみ全体の質感もズッシリかけられて、彼は十指を広げて、柔肉の広範囲を捕まえた。

「つあっ……も、百音さ、んぅっ……！」

指の腹が、汗で湿った肌へ沈み込む。さらに指の間からは、つかみ損ねた部分がムニュッとこぼれ出る。

愛撫する側へ回ったはずなのに、晶は朦朧となりかけた。何しろ一度はこの柔軟さで、射精まで追いやられているのだ。

彼はほとんどものを考えられないまま、拙《つたな》いマッサージに取りかかった。摑む力を強めれば、極上のクッションみたいな爆乳の張りが、末梢《まっしょう》神経へ染み入ってきて心地いい。

百音もすかさず反応だ。

「あ、あはぁぁっ……！　晶クンの触り方っ……必死で、一生懸命で、か、可愛いよぉっ……！」

「百音さんっ……も、百音さぁあんっ！」

甘い喘ぎで耳朶までなぞられて、晶は鼓膜を性感帯に作り替えられた気分だった。

もっとも、美女が身を委《ゆだ》ねてくれた時間は短く、彼女は不意に目つきへ嗜虐《しぎゃく》的な気配を浮かべる。

「ここからはあたしっ……イクつもりでどんどん動くね……っ!?」

「うあっ、えっ!?」

あとは晶の理解が追いつくより先に、淫らな抽送を復活だ。

少年のカリ首はすぐさま上向きに捲られて、次いで下へねぶられた。亀頭内では痺れと疼きが入り乱れ、肉竿も荒々しく扱かれつづけた。

爆乳にのぼせていたところでこれだ。

しかも出だしと違って、今度は前へ後ろへ、右へ左へ、捻る動きまで織り交ぜられる。つまり、ピストンとグラインドが一つに融合している。

「晶クンっ……あたしがイクまでっ、君もイクのは禁止だからっ……あぁあんっ、頑張って……あたしを気持ちよくして、ねっ!?」

ヌルつく襞は我先にカリ首へ引っかかり、次いで亀頭を上から打ち据えた。

ペニスも棍棒《こんぼう》さながら振り回されて、湧き起こる快感は股座どころか、少年の頭の中までかき混ぜる。

「あ、あぁっ、あぁああっ!?」

晶は堪らず指を捻じ曲げて、もぎ取らんばかりに爆乳を捻ってしまった。

「あっ、やぁあんっ！　晶クンのやり方っ、がっついてるぅうんっ！」

　百音は顔をしかめるが、むしろ晶は泣きながら呼びかける側だ。

「百音さんっ、百音さぁんんぅうっ！　僕のおち×ちんっ、またおかしくなっちゃい、ますぅうっ！　イクなって言われてもぉっ……は、ぅううんっ！　もぉ精液っ、出ちゃいますぅううっ！」

　しかし、いくら訴えようと、百音の方針は変わらない。

「はぁあんっ！　駄目ぇっ！　もっと粘らなきゃっ、駄目なのぉおっ！　あたしだってっ、君のおち×ちん、手で扱いてぇえっ、身体っ熱くなってるしぃいっ！　イクまであとちょっとっ！　なんだからぁぁあっ！」

　彼女は滴《したた》る汗を散らす勢いで、結合部をジュポッジュポッと鳴らしつづけた。挙句、パイズリのときにも吐き散らした、ふしだらな煽り文句を連発だ。

「ほらほらぁっ！　ファイトッ、ファイトッ、おっち×ちんっ！　負けるな頑張れっ、おチ×ポアイドルッ！　あぁあぁっ、やあぁああんっ！　晶クンの変態ぃいっ！　なじったらっ、お、おチ×ポぉおっ、あたしの中でまた硬くなったはぁはぁあっ!?」

　実際、晶は百音から励まされても、嘲笑《あざわら》われても、異常に身体が滾ってしまう。

「ぼ、僕っ……ぅはぁあうっ!?」

混乱は頂点へ至り、自分がペニスの生えた女子とすら思えてきた。

もはや、自分が果てるためには、百音にもイッてもらうしかない。

そんな歪《いびつ》な発想から、彼は夢中で腰を使いだす。童顔を赤く染めつつ、ヤケクソで尻を波打たせ、亀頭で子宮口を突き上げた。濡れた牝襞でエラを啜り返されて、竿の表皮を伸縮させられた。

同時に涎《よだれ》で汚れた口から洩れるのは、みっともない嗚咽《おえつ》だ。

「も、百音、さぁああんっ！　早くっ、イッてぇええっ！　イッてぇえええええっ！　僕っ、限界っ、もう無理ぃっ！　無理なんですううっ！」

渾身の力で責め返しながら、結局、彼は抱かれる立場から抜け出せなかった。

とはいえ、手コキで昂ったと語る百音も、本当にエクスタシー間近だったようだ。

彼女は最後に、最大級の速さと勢いで尻を落下させ、暴発寸前のペニスを抱きしめる。

もはや膣圧に、妹との差なんてなかった。ただ、ただ、精液を搾り取るための、歯止めが壊れたような収縮だ。

そのまま、摑まれたバストを千切らんばかりに、上体を後ろへしならせて、

「んくぅぅおぉおあぁあああはっ！　ひぉぉおっ、ぃひぃおおぉおほぉおおっ！

イッ……くぅぅうぁぁああぁぁぁあああんやぁはぁぁぁあああああっ！」

吐き散らされたのは、間違いなくアクメの絶叫だった。両手を床へついたままだけに、姿勢は発情した牝犬の遠吠えじみていた。

「うぃ、ぃいいっ⁉」

気力で昇天を先送りしていた晶も、極大の法悦をさばく余裕なんてない。

彼のペニスは尿道の裏返りそうな衝撃と共に、スペルマを百音の胎内へまき散らしていた。

ビュクッ、ビュクッ、ビュククゥウッ！

この吐精を受けながら、百音は四肢から力を抜けずにいる。

「やあぁぁああんっ！　晶クンのおチ×ポぉおおっ……熱いっ、よぉぉおおっ！　あたしぃいっ、イカされちゃってっ、るぅうううっ！」

「あ、あ、んうぁぁあうっ！　で、出ちゃってますぅうう……っ！　僕っ、またっ、ぁあうううっ⁉」

彼女の痙攣は途切れない。

肉幹だって揉まれつづける。

汗みずくな女体の下で、晶は無様に気を失いそうだった――。

二人で果ててから数分後、百音はようやく腰を浮かせて、ペニスを肉壺から引っこ抜いた。そのまま、体育座りを崩したみたいな恰好で下へ尻を落としたら、うっとり天井を仰ぐ。

「あはぁっ……すっごく、気持ちよかったぁぁ……っ」

あどけないとさえ言えそうな嘆声《たんせい》を、長々吐き出した。

それを晶は寝そべったまま見る。今や起きるのも億劫《おっくう》で、このまま寝入ってしまいそう。

――と、百音が緩い表情を向けてきて、

「ねえ、晶クン」

「は、はい……」

さすがに、もう続きはないだろう。

そう思いながら返事した晶だが、百音の発言は思いもよらないものだった。

「君へのモデルの依頼だけど、無期限で凍結《とうけつ》……ってことにしとくね？　今日までお疲れ様」

「……え？　えっ？」

ここまでの経緯を考えれば、残念に思うべきではない。

しかし、晶は大きな喪失感に襲われた。

「ど、どういうこと、ですか……？」

呻き混じりに尋ねれば、百音は気だるく小首を傾げる。

「だって、しょうがないよ。あたしが君に求めてたのは、背徳感だったんだもん。なのに君ってば、すっかり女装を受け入れちゃったよね？」

「それは……」

「まあ、そぉいうことだからぁ」

つまり、知佳の指導は的を射ていたのだ。

――君が女装を変だと思わなくなれば、姉の創作意欲だって薄れるはずよ。

だが結果的に、少年の胸へは息苦しいほどの寂しさが残された。

百音からはもはや、必要とされない。

知佳が差し伸べてくれた手は、自分で振り払ってしまった。

まるで――一人ぼっちで荒れ地に佇んでいるみたいだった。

第四章　悦楽の学園祭

モデルの依頼は凍結しとくね。

百音にそう言われて、二週間が過ぎた。

あれ以降、彼女からの連絡は一度も携帯へ届かない。気まぐれな性格だし、もはや晶への興味なんて失せたのかもしれない。

(でも、あれだけ振り回しておいて……っ)

少年はなかなか割りきれずにいた。

一方、知佳とは話す機会を持てたものの、接し方は顧問と単なる部員止まりだ。むしろ、互いに遠慮が先立って、女装の練習をする前より他人行儀となっている。

——……先生、絵のことで相談があるんですけど……いいですか？

——そ、そう？　どうしたのかしら、後藤君……。

こんな具合だから、百音との関係がどうなったかも報告できない。

晶の満たされなさは、日ごとに悪化しつづけていた。

しかし皮肉な話で、もどかしさが膨らむほどに、絵の中のアリアスは存在感を増す。

二枚の絵を組み合わせるアイデアも上手くいき、完成した絵は先輩たちからなかなかの評価をもらえた。

そんな彼の周りで変化が起きたのは、学園祭を二日後に控えた放課後だ。

「みんなっ、注目っ！　ちゅうもーーーーくっ！」

部活中、美術準備室と繋がるドアの前に美緒が立った瞬間から、事態は大きく動きだしたのである。

「部長、うるさい」

「やっと調子が出てきたところだったんだけど？」

場の空気を読まずに声をあげた美緒へ、部員たちからは非難が集中した。

晶も不満を吐くつもりこそないものの、集中がすっぱり切れてしまう。美術喫茶用の作品ならすでに完成したわけだが、何もしないと落ち着かず、彼は他の絵へ着手していたのだ。

ともあれ、数々の文句をぶつけられた美緒は、演劇部員さながらのオーバーさで、よろよろあとずさる。

「うわっ、あたしってば、人望少なっ!?」

ただし、彼女だって本気で傷ついたわけではない。すぐさま腰へ手を当てて、偉そうにふんぞり返る。

「いやいやいやっ。みんなだってきっと、文句を言えなくなるって！」

それから準備室のほうへ顔を向け、

「知佳ちゃん先生っ、どうぞっ！」

どうやら部長の奇行には、知佳が関わっているらしい。そうとわかって、部員たちの間へも、訝しむ気配が広がりだした。

もっとも、知佳はなかなか美術室へ入ってこない。

「高沢さん……そのやり方は、みんなの興味を引きすぎだと思うのだけど……」

気後れしたような声だけが、晶たちの耳へかすかに届く。

美緒もじれったくなったのか、腕を準備室へ突っ込んだ。

「何やってるんですか、もうっ。その服を着るって言いだしたのは、知佳ちゃん先生でしょーがっ！」

直後、知佳の腕辺りを摑んだらしく、グイッと強く引く動作だ。

これで知佳もよろけながら姿を現す。

「……あっ……」

「…………………」

彼女は表情を凍り付かせ、美術室内へも沈黙が降りた。晶だって自分の目を疑った。

知佳の装いはふだんと打って変わって、少女趣味の愛らしいものになっていたのだ。

上はフリル多めの半袖白ブラウスで、下は丈が短いピンクのミニスカート。さらに腰の前からスカートと同じ色のエプロンが垂れて、長い脚は白のニーソックスで包まれている。頭には、純白のヘッドドレスまで乗っていた。

それは美術喫茶用に女子部員がデザインした、今年限定のウェイトレス服だ。

「あ、あの……これは……違うのよ?」

知佳は首まで真っ赤に染めながら、慌て気味に目線を泳がせる。

もっとも、彼女の恥じらいをきっかけに、部の沈黙は大歓声へ変わった。

「先生っ、どうしちゃったんですかっ!?」

「結婚してくださーーーい!」

掛け値なしに綺麗な知佳だから、年下の学生を意識して作られた服だろうと、しっかり似合うのだ。どちらかといえば胸が薄めなのまで、チャームポイントの一つになっている。加えて、長い脚はニーソックスの伸縮性で引き締められて、流麗《りゅうれい》なラインが引き立った。

隣では、美緒が右拳をガッと高く掲げる。

「明後日の美術喫茶っ、知佳ちゃん先生もこの格好で参加してくれまーすっ！」

刹那、騒ぎは最高潮へ至り、知佳はますます身を縮こまらせた。

「私の歳で、この服は……変じゃないかしら……？」

懸念《けねん》を漏らす彼女だが、すかさず美緒に笑い飛ばされる。

「大丈夫っ、めちゃくちゃ素敵ですからっ！　今さら気弱になるなんて、知佳ちゃん先生らしくありませんよっ！」

しかし晶だけは、このテンションへ乗れなかった。

すでに最初の驚きこそ去ったものの、知佳が望んでこの服を着たがったとは、どうしても思えないのだ。

現に生徒たちから褒めちぎられてなお、彼女は居心地が悪そうだった。

とすれば――、

（僕とのことで、百音さんと何かあったんじゃ？）

自分たちの関係について、百音はもう追及しないと約束してくれた。だが別の場面では、創作のためならちょっとぐらいズルをする、とも言っていた。

知佳は公園でのことを白状させられて、それが脅しのネタになったのかもしれない。もしそうなら、彼女が困っているのは自分のせいだ。

「じゃあ、私……もう着替えるから……っ」

晶が思いわずらっているうちに、知佳は美術準備室へ逃げていってしまった。

「ああっ、先生っ！　まだいいじゃないですかー！」

「もっと見たーい！」

部員たちは口々に言うものの、彼女が戻ってくる気配はない。

晶はできることなら、今すぐ追いかけて、事情を聞きたかった。

だが、先輩たちの目がある前で、あまり無茶はできない。それに問い詰めたところで、知佳の性格上、こちらを心配させる事柄は隠しそうだ。

むしろ百音へ聞くほうが、真相を教えてもらいやすいだろう。

(うちへ帰ったら、電話してみないと……)

もはや、すっかり気が急いている。

これ以上は、絵筆を持つ手が進みそうにない晶だった。

――いざ帰宅すると、晶はなかなか百音へ電話をかけられなかった。

学校にいる間は、少しでも早く行動したかったのだ。

しかし、スマホを手に取ったところで、疑念めいたものが浮かんでしまう。

（……百音さんへ連絡しちゃって、いいのかな？）

決して気後れしているわけではない。百音の声をまた聞けると思うと、鼓動が速まる。成り行きによっては、知佳への謝罪だってできるかもしれない。

だが、これでは気遣いへ、だいぶ打算が混じっている。

（今日、先生が恥ずかしい目に遭ったのは、僕が原因かもしれないんだよ……!?）

そんなわけで、彼が腹を括《くく》れたのは、晩御飯が終わったうえ、時計の針が夜の八時を回ってからだった。

「……よし、かけるっ。うん、かけようっ」

わざと声に出して、登録した電話番号をタップする。ほどなく、呼び出し音は百音の声へ代わり、

「もしもーし？　んふふっ、どうしたのかなぁ、晶クン？」

尋ねてくる口ぶりは妙に楽しげで、晶はたじろいでしまった。だが、喉へ引っかか

りそうな声を、無理やり吐き出す。

「あのっ、有倉先生について教えてほしいんですけど……っ」

「っていうと、ウェイトレス姿のこと？」

「……！」

のっけからこの反応なら、百音が関係しているのは間違いなかった。

「百音さんが……先生へあの服を着るように言ったんですかっ？」

「まぁねー？　だけど、知佳から話を振ってきたんだよ？　あたしが資料用に撮影した君の写真を、全部削除しろって。それって『決まりごと』違反でしょ？　だからあたしはペナルティとして、晶クンと何をしたのか話しなさいって命令したの」

「そうなんですか……？」

命令とは穏やかでないが、経緯は予想外だった。

（僕……先生へひどい意地を張ってたのに！）

それでも知佳は、こちらを思って動いてくれた――。

晶がショックを受ける間に、百音の話はなおも続いた。

「で、詳しく聞いたら、もっと大きなペナルティ案件が発生してたわけじゃない？　だからウェイトレス服は、その罰として指定したの。知佳ってキャラと違う服を着ても、わりと似合っちゃうんだよねぇ。晶クンもそう思うでしょ？」

「はいっ。似合ってました、けど……っ」

晶は我に返って、スマホを握りしめた。

ここが踏ん張りどころだ。

「でも、先生はすごく恥ずかしがってましたっ。あ……あのっ、僕が代わりに何かします……っ。だから、先生を許してくださいっ！」

己の気持ちすら信じられずにいた彼だが、この言葉へは気合を籠められる。

百音も間髪入れず、問うてきた。

「じゃあ、晶クンが学園祭でウェイトレスの服を着る？」

「……っ！　い、いいですよっ!?」

部の先輩たちの前であれを着たら、ますますあと戻りできなくなるだろう。そのくせ、みんなに見てもらって、感想を聞かせてほしいという気持ちが、頭をもたげる。

(僕、すごくマズいところまで踏み込んでるんじゃ？)

結局、身代わりの申し出も、無意識の欲が混ざっていたのかもしれない。

だけど、知佳が解放されるのなら、面倒なことはあとで考えればいい。

この決意表明に、百音はサラッと言ってのけた。

「なぁんてね？　もう決めちゃったあとだから、君の身代わりなんて却下だよ？」

「だったら、変な質問はやめてください……！」

つい、晶は返事が生意気になってしまった。

しかし、ここは腰を低くして、どうにか食い下がるべきだ。

「あ、いえ、じゃなくてっ……そこをなんとか！」

この動揺ぶりが可笑しかったのか、百音も密談めかして声を低くする。

「……実は思いついたことが一つあってね？　もしも君と知佳の両方がウェイトレス姿を披露してくれるならぁ……学園祭が終わる頃に、すごくいいことがあるかも？」

「どういう意味ですか？」

「今はまだ内緒。知佳にも黙っててね？　とにかく、学園祭へはあたしも遊びに行くから、たーっぷりもてなしてほしいな。ってことで、よろしくー」

次の瞬間、通話は一方的に切られてしまった。呼び止める間さえもらえなかった。

「え……えええ……っ」

スマホを持ったまま、晶は小さく唸る。

百音の言う『いいこと』なんて、額面どおりには受け取れない。が、突っぱねても状況は悪くなりそうな気がする。

どうしよう――。どうしよう。

本当に、どうしよう？

この晩、晶は迷いに迷って、なかなか寝つくことができなかった。


翌々日、いよいよ学園祭の日となった。

「美術喫茶」が割り振られた場所は、空いていた二年三組の教室だ。

今や壁には部員たちの絵が何枚も飾られ、一部の机には彫像や粘土細工も設置されて、何もかもが非日常的に仕上がっている。パッチワークのテーブルクロスもすべて、部員のセンスが活かされた手作りだった。

「……お待たせしました。アイスティーとアイスコーヒー、ビスケット二皿です」

接客担当になった晶は、白ブラウスにピンクのミニスカート、その他もろもろのウェイトレス服一式を、小柄な身体に纏っていた。

「ご注文は以上でよろしいでしょうか？　では、どうぞごゆっくり」

男子とばれないように、声はいつもより高くして、お辞儀するときも少女さながら、トレイを平らな胸の前でキュッと抱える。

立ち去るときには、客たちの会話が聞こえたりもした。

「今の子、可愛かったよな」

「俺、後夜祭のフォークダンス、誘ってみようかな……」

騙してごめんなさい。僕、男なんです――。

晶の中では、申し訳なさと高揚が不可分に混ざり合う。

とはいえ、夜の駅前へ出たときと違い、勃起まではせずに済んだ。学園祭の空気は健全かつ開放的だし、見られることにもだいぶ慣れている。

（それに今回は、先輩たちが僕の女装を知ってるわけだし……）

わかったうえで、みんな受け入れてくれた。そう思うと、感謝しつつ、だいぶ気が楽になる。

実のところ、先輩たちは愛くるしい彼の接客姿を、たびたび盗み見ているのだが。

ともあれ、晶が最も気がかりなのは、知佳のことだった。

彼女も慣れないウェイトレス服を着て、教室の正面――黒板近くへ立っている。その仕草はいかにも落ち着かなさげで、ときおり、長い美脚を擦り合わせていた。あるいは肩を小さく揺らし、目線も何度となく足元へ落としていた。

知佳は顧問だから、監督役としてここにいるだけで、接客まではしていない。それでも客の中には、彼女の艶めかしさを意識している者が多い。もしも注文を取るために席の間を回っていたら、喫茶の雰囲気はかなり妖しくなっただろう。

(どうしちゃったんだろう……先生……)

いくら苦手な格好でも、知佳の反応は過剰だ。ともすれば、初めて女装したときの自分より、モジモジしているかもしれない。

美緒も途中から異変に気づいたようで、

「先生、ちょっと休憩に入りません？」

周囲に聞こえないほどの小声で気遣っている。

「いえ、大丈夫よ……まだ、これぐらいっ……」

知佳はかぶりを振るが、声色はまるで肢体へ淫猥な刺激を受けているようだ。

(先生……服以外にも、百音さんから何かやらされてるんじゃ……？)

気になった晶は、だんだん注意力が散漫《さんまん》になる。注文を聞き逃すなどのミスも増えてきた。

「後藤君も一度休んだほうがいいかもだよ？」

控えのスペースに戻ったところで、美緒から言われてしまった。

しかし、彼の場合は体調が悪いわけではない。それに知佳から目を離したくない。

「やれます……っ。ここからはもっと、真剣に務めますからっ……」

「うーん……君があんまり色っぽくしてると、他の部員に影響が出ちゃうからなぁ」

「え？」

意味がわからず、晶は聞き返そうとした。

そこへ新たな客が入ってくる。

「ねえ、このお店って席、空いてるかなぁ？」

「……！」

晶はドアへ背を向ける位置にいたため、客の顔を見られなかった。しかし声だけで、誰が来たのか容易にわかった。

（百音さん！）

傍では何故か、美緒が戸口を見て、小刻みに震えだしていた。と思いきや、彼女は唐突《とうとつ》に大声をあげる。

「あ、あ……あっ！　有倉百音先生っ！　この間の個展も大成功だった……！　そうですよねっ!?」

「えっ!?」

晶は思わず尋ねた。

「部長……っ、百音さんを知ってるんですか……？」

「知ってるも何もっ！　あたし大ファンだよっ！　有倉先生は知佳ちゃん先生のお姉さんで……って、今は説明なんてしてる場合じゃなかったたっ！」

美緒は小走りめいた勢いで晶の脇を抜けて、百音へ大きくお辞儀する。

「い、いい、いっ、いらっしゃいませぇっ！」

このガチガチの応対が人目を引き、客の間へまでざわめきが広がった。

「え、なに？　有名人登場？」

「なんか芸能人っぽいよ？　すっげぇ綺麗っ！」

(百音さんって、そこまで立派な画家だったんだ……！)

晶は意外だった。いや、確かにアトリエの絵はすごかったと思う。けれどあのときは、一部を垣間《かいま》見た程度だ。

(そうだっ。先生っ……先生はどうしてるのっ？)

遅ればせながら目をやれば、知佳は焦り混じりの表情で、姉をジッと見ていた。頬の色も、今まで以上に赤くなっていた。

(やっぱり先生、服だけじゃなく、他の何かも強制されてる！)

少年の疑いは、確信へと変わったのだった。

百音を空いている席へ案内した美緒は、雲を踏むような足取りで、晶の許へ戻ってきた。表情までが、恋する乙女みたいな惚けようだ。

「あ、後藤君……これを君にって、百音先生から預かったんだけど……」

呼び方が「有倉先生」から「百音先生」へ変わったのは、当人から何か言われたためだろう。しかし、ファン相手とはいえ、短い会話だけでここまで陶然《とうぜん》とさせる辺り、百音には人たらしの才能があるらしい。

「なんですか……これ？」

晶が差し出されたのは、銀色に光る小さな鍵だった。

聞かれた美緒も二度、三度と瞬きして、やっと瞳に輝きを取り戻す。

「え、あたしだって知らないよ。後藤君へ渡すように言われただけだもん。てか、後藤君、百音先生と知り合いだったの？」

彼女の口調には、興味だけでなく、一つまみのやきもちも混じっている。

しかし、晶だってありのままは答えられない。

「あの……それについてはまたあとで……」

ごまかすために言葉を濁《にご》せば、美緒は仕方なさそうに唇を尖らせた。

「ちぇっ、今は模擬店の途中だしね……」

——素直な先輩でよかった。

ともかく晶は鍵を受け取って、百音のいる机を見る。すると、彼女は悪戯っぽく、人差し指を口元で立てるジェスチャーだ。

（よけいなことは話すな……？）

晶がそう解釈したところで、百音は持っていたハンドバッグの中へ、さりげなく手を移した。

次の瞬間、ブブブブブッ。

正体不明のかすかな音が、別の場所で鳴りはじめる。

その響きは、網にかかった虫の羽音さながらだった。本当に小さくて、うっかりすれば聞き逃しかねない。

だがこの音をきっかけに、どういうわけか、知佳が身震いした。

「んんっ……！」

彼女は唇の端を噛みながら、上体を屈めて、蹲る寸前のような内股となる。両手は腰の脇で握っていたが、そうでもしなければ、自分の肩をかき抱きそうだ。

（え……っ？）

晶は知佳を凝視してしまった。

幸い、美緒のさっきの言動が影響し、客の関心は百音へ移っている。姉妹の両方に気を配っていた晶だからこそ、おかしいとわかったのだ。

ほどなく怪しい音は止まり、知佳もこっそり姿勢を正そうとする。

だが、再びブブブブブッ。

「は、ぅ、ぅうんっ……！」

音が鳴りだして、知佳は腰が砕けかけた。肌もいよいよ紅潮し、美貌にはさらなる汗と狼狽が浮く。

しかも今度は、美緒まで謎の音を聞きつけてしまった。

「なんだろね、この音」

彼女は晶へ聞いてくる。

そこで異音はピタッと途切れた。もう、三度目が鳴りだす気配はない。

「だ、誰かの携帯だったんじゃないでしょうか……？」

「あ、そうかもっ」

美緒は合点《がてん》がいったらしい。

しかし、思いつきを口にした晶のほうは、少しも納得できなかった。

もし携帯のマナーモードなら、ブブブ、ブブブと、独特のテンポがついたはずだ。

なのに今の音は、一本調子に鳴りつづけた。

（絶対、百音さんの仕業《しわざ》だ……！）

この直感に衝き動かされて、彼は美緒へ告げる。

「すみません。僕、やっぱりちょっと休みますっ」

「え、そう？」

美緒に疑う様子はなく、むしろ生来の人の好さを発揮した。

「じゃあさ、知佳ちゃん先生も連れ出してあげてよ。なんか調子悪そうだし」

「は、はいっ」

元々、晶もそのつもりだ。これで誰からも怪しまれず、知佳を百音から引き離せる。

とはいえ、ホッとしかけたところで、いきなり美緒に手首を摑まれた。

「部長っ!?」

「あとで百音先生とのこと、詳しく聞かせてよっ？」

「わ、わかりました……！」

「よろしいっ。あとのことはあたしたちに任せて、しっかり休憩してくるよーにっ」

美緒がニカッと笑って解放してくれたので、晶は急いで知佳へ近づく。

「先生、顔色が悪いし、外の空気吸ってきたほうがいいですよっ。僕もそうします」

「え、あの……後藤君？」

有無を言わせない教え子の語調に、知佳も驚いたようだ。しかし、すぐに意図を察したか、ぎこちなく頷いた。

「あ、そうね。じゃあ……」

そこで二人揃って百音を見れば、

「んふふふっ」

彼女は、いってらっしゃいと言わんばかりに、小さく手を振っている。

「で、出ましょうか……」

「ええ……」

晶たちは百音の席から目を逸らし、そっと教室をあとにしたのであった。

「後藤君、美術準備室へ行きましょう……っ」

廊下へ出るなり、知佳がそう言ったので、今度は晶が面食らった。

準備室はこの二年三組から離れているし、雑然とした場所のため、休むのには適していない。

だが、知佳は思いつめた表情で、他の選択肢など考えていないようだ。

「後藤君、姉さんから鍵を預かったのよね？」

すがるような目で問われ、晶は頷いた。

「はい……僕が初めて見るものなんですけど……」

「いいのよっ……その鍵があるから、私は美術準備室へ行きたいの……！」

「……わかりました。美術準備室ですねっ？」

晶もくどい質問はやめて、自分が先に立つことにした。

もっとも、廊下はかなり混んでおり、無理に歩調を速めれば、何度も人とぶつかりかける。

「す、すみません、ちょっと失礼します……っ」

目立つウェイトレス姿で、晶たちは大勢へ謝る羽目《はめ》になってしまった。

やがて、美術準備室がある西校舎まで着けば、喧騒《けんそう》は静けさへ一変する。こちらの展示は地味なものが多く、来客が他より少ないのだ。

「は、ぁう……っ」

知佳も気が抜けたように、悩ましい吐息を漏らしていた。

「ちょっと休みますか？」

晶は試しに聞いてみる。しかし、すかさず首を横へ振られ、

「駄目よっ、早く準備室へ行かないと……っ」

だから連れ立って、美術準備室がある三階まで階段を上った。

すると、ブブブッ。

再びあの奇妙な音だ。しかも、今度はさっきよりボリュームが大きく、どこから発せられているのか、鮮明にわかる。

異音は——知佳の股間から漏れていた。

さらに周囲へ人がいないせいで、自制しきれなかったのだろう。知佳は小さく喘ぎ声をあげ、壁へ寄りかかってしまう。

「は、ぁぁあんっ！　や、いやぁぁ……っ！」

明らかに、快楽ゆえの反応だった。

(まさか、百音さんが追いかけてきたのっ⁉)

晶は慌てて、昇ってきたばかりの階段を見下ろす。

しかし、そちらには誰もいない。

(じゃあ、どうしてっ⁉)

彼があちこち見回す間にも、知佳は望まぬ刺激から逃れたがって、腰をヒクッヒクッと弾ませていた。

「い……いやよぉっ、後藤君っ！　見ないでっ、き、聞かないでぇえ……！」

こうなると、白ブラウスの幼げな雰囲気も形無しだ。むしろ汗を多量に吸って、肌と下着を透けさせそうに見える。

ミニスカートから伸びる二本の脚も色っぽく、フェロモンめいた匂いまで発散させるようだった。

「先生……歩けますかっ？」

晶が問えば、知佳は壁から離れ、弱々しくしがみついてきた。

「ごめんなさいっ……私……一人では、もう……っ……！」

「っ……！」

仕草に加え、体温と布越しの肌の柔らかさまで感じさせられて、晶の男根も膨らみだした。

あとはちょっと前へ踏み込むだけで、亀頭と下着が擦れてしまう。

「は、うぅっ！」

晶はなんとか呻きを呑み下したものの、官能の刺激は、歩くほどに強まった。

知佳も秘所へ当たる何かが、絶えず揺れている状態だ。

「はぁっ……ぁ、くっ……先生っ……」

「いやぁっ……後藤君の前で、こんな……っ……はっ、ぁっ……あぁあんっ……！」

互いにみっともなく痴態を晒し合いながら、二人は必死で廊下を進むしかなかった。

数少ない救いは、この階が無人だったことだ。おかげでこれだけ感じながらも、他者から目撃されずに済んでいる。

そして、ようやく目指すドアの前まで来て、

「……待って……っ」

知佳はエプロンのポケットから、大きめの鍵を取り出した。今度は晶も見覚えがある。美術準備室用のものだ。

「これを……後藤君っ……」

「わかりましたっ」

もはや、指を細やかに使えないらしい知佳へ代わり、晶は震える手つきで、ロックを解除した。

「あっ……」

「くぅっ！」

二人で室内へ転がり込んだら、ピシャリとドアを閉め直す。

途端に脚から力が抜けて、晶はドアへ背を預けた。埃《ほこり》っぽい空気を肺いっぱいに取

り込んだ。

もっとも、知佳のほうではまだ振動音が続いている。つまり、卑猥な刺激が、媚肉を苛みっぱなしなのだ。

「つ、ふっ、はぅううっ……！」

美貌の女教師は床にへたり込み、皺になるほど強く、右手でスカートを握っていた。下ではニーソックス付きの腿が、攣る寸前のように竦んでいた。

さらに左手が、晶のエプロンへ伸ばされて、

「お願いっ、後藤君……あそこの箱をっ……！　姉さんから渡された鍵で、は、早くぅ……！」

「……はいっ！」

晶が中央の机へ目をやれば、見知らぬ小箱が置かれていた。箱は素朴な木製で、蓋と本体の境目に鍵穴が付いている。

晶はつんのめるようにそこへ走り、美緒から預かった鍵を、鍵穴に差し込んだ。

カチャリ！

開けてみれば、中に入っていたのは手のひらサイズのリモコンと、もう一つ、別の鍵だ。

「あ、あの……これって……」

晶は箱を持ったまま振り返る。

しかし、知佳のほうはもう限界らしく、半泣きで懇願してきた。

「スイッチをっ、き、切って……ぇ！」

「……！　そうでした！」

晶も急いで、リモコンにある電源マーク付きのボタンを押した。

刹那、振動音が消えて、知佳は「はんぅう……っ！」放尿のあとさながらに、うずくまったまま肢体を震わせる。

「あっ、ぁっ……はぁっ、はぁぁっ……ぅ、くぅう……っ」

何度も肩が上下する彼女を見守っていると、晶も多少の推測ができてきた。

要するに、リモコンは二つあったのだ。片方は百音が操作して、もう片方は、木箱の中から電波を出しつづけた。三階に来たところで異音が復活したのは、電波の圏内に入ったからだ。

箱を部屋へ持ち込んだのは、百音で間違いない。彼女だったら、美術部顧問である知佳の隙を狙って、ドアの合い鍵だって作れる。

やがて、知佳からいくらか強張りが抜けたようなので、晶は小声で聞いてみた。

「こっちの鍵は、何に使うんでしょうか……？」

リモコンといっしょにあった以上、何か意味があるはずだ。

すると、知佳はまたも硬直し、晶を見返すことを恐れるように、壁へ視点を固定させた。次いで、指先でスカートを摘まみ、裾をそっとたくし上げる。

「鍵は……これを外すためのものなの……」

出てきた下着のデザインに、晶は目を剝いてしまった。

「な、なんですか、それっ!?」

聞いたあとで後悔する。こんな言い方では、知佳を追い詰めるだけだろう。

しかし、本当に異様な下着だったのだ。

黒い表面には光沢があって、皮製とも布製ともつかない。形だってふんどしと似た怪しさで、腰周りから股間にかけてを、T字型に覆っている。さらに秘所の位置へ小さな穴があり、身に着けたままでも排泄《はいせつ》できるようになっていた。

もとい。正しくは「脱ぎたくても脱げない」だろう。

何しろ、腰周りへ二つの南京錠《なんきんじょう》がついて、下着をガッチリ身体に固定している。

それは晶にとって未知の品――性交を禁じて、ときにはＳＭプレイで使われる、貞《てい》操帯《そうたい》だった。

「鍵……外していいんですよね？」

この問いかけに、知佳は目を背けたまま頷く。

だから少年も、彼女のところへ戻ってしゃがみ、南京錠を指先で摘まんだ。

もっとも、今度の鍵穴は先の二つよりずっと小さくて、なかなか鍵を入れられない。

「ん、くっ……あれ、あれ、あれっ……!?」

狙いが外れれば焦りは募り、

「ぁ……んぅうっ……」

知佳も息を殺して、動きを見守る。

図らずも焦らしプレイのようになったあと、ようやく両方の錠が外れた。

「取っちゃいますからっ！」

手こずった分、晶だって了解を取る間が惜しくなっている。リモコンで蠢いていた何かを除くため、すぐさま貞操帯を引っぺがした。

「あ……っ」

現れた女性器の有様に、彼は生唾を飲んでしまう。知佳だって恥ずかしそうに「んっ」と喉を鳴らす。

割れ目は左右へ綻びながら、ヌラつく愛液でびしょ濡れだった。血の気を帯びた小陰唇も鮮やかに煌めいて、しかも密閉状態で蒸されつづけた分、解き放たれた匂いがはしたない。

加えて膣口からは、細い紐がピョコンと飛び出ていた。これこそ知佳を悩ませた道具の一部だろう。

「これっ……抜きますねっ」

晶はそう告げて、紐を慎重に引っ張ってみた。

すると、紐の先にあるものがかなり大きいようで、媚肉にグニッと引っかかる。膣壁のほうも、異物をしっかり咥え込んでいて、摩擦は知佳にとって、新たな性感の源となった。

「は、ぁっ……んぅううっ……！」

彼女はまぶたを硬く閉ざし、ギリギリのところでむせび泣きを堪えている。

やがて秘洞からズルリと登場したのは、楕円形の丸っこい珠《たま》だ。サイズは親指大で、色は明るいパステルピンク。

それをひとまず、晶は鍵といっしょに木箱へ入れて、隣へ置いた。

次いで、深々と頭を下げる。

「……上手くやれなくて、すみません……っ。それにこんな物を使われたのは、僕のせいなんですよねっ……き、聞き分けが悪い僕のために……！」

言いながら、無性に歯がゆかった。伝えるべきことはたくさんあるはずなのに、謝罪は重ねた分だけ、陳腐《ちんぷ》になっていく。

「僕っ……僕はっ……！」

思い余って顔を上げたところで、それまで項垂《うなだ》れていた知佳が、唐突に抱きついてきた。のみならず、問答無用で晶の唇を奪った。

「んんっ、ぅううっ!?」

晶にとって、生まれて初めての、唇へのキスだ。しかし、前触れもムードもないから、初々《ういうい》しい感慨なんて湧いてこない。

何っ？　何が起こったのっ!?

真っ先に浮かんだのは、そんな疑問だった。

続けて一拍遅れで唇の感触がわかるや、今度はその瑞々しさに思考力が麻痺する。

数秒後、知佳は飛びのくように顔を下げたものの、

「あの、せんせ……っ」

「は、んぅっ！　ぅふむっ、あぅうんっ！」

晶の問いを、再度のキスで封じてしまった。

のみならず、伸ばした舌先で、右から左へ、左から右へ、教え子の口元をなぞりだす。さらには、軟体を唇の裏まで滑り込ませ、歯茎まで小突いたり、擦ったりだ。

女教師の舌は、表面が細かくザラついていた。一方、裏は溶ける寸前みたいにヌメっていた。

そんなもので口腔粘膜を擦られつづけたら、晶ものぼせた頭へ、やり返さなければという想いが紛れ込む。

「んぐっ、ふ、ぅううっ！」

彼はぼやけた意識のまま、引きつりそうな舌をギクシャク浮かせ、知佳の舌を啜り返した。

「ひ、ぅうふっ⁉」

今度は、知佳が呻き声を乱す。とはいえ、彼女は即座に反撃を歓迎し、差し出された舌先を、集中的に狙いだす。

「はぁっ、あぁっ……ぁあんっ……ごとっ……くぅんっ……！」

「せ、んせいっ……ふぁんっ、ぁ、ぁあぁっ……んぁあ……っ」

双方の舌が競《きそ》うようにのたくれば、刺激だっていっそうねちっこく、しかも複雑に変わった。

晶は唾液が顎まで伝うことも顧《かえり》みず、女教師の舌を貪《むさぼ》る。唇もしつこく啄《ついば》む。

やがて息継ぎを忘れていたせいで苦しくなって、名残惜しさと共に上半身を引いた。

「ん、ぷはっ……！」

口を半開きにして、知佳を見つめれば、彼女も似た表情で、瞳を悩ましく潤《うる》ませている。

「私こそ、ごめんなさいっ……でも、もう抑えられないのっ。今日までずっと我慢していたのにっ、姉さんがいやらしい道具なんか使うからっ……！　抱いて……後藤君っ……！　あなたにっ……またっ、し、してほしいの……！」

「先生……！」

晶はやっと、知佳の真意がわかった。

彼女が距離を置こうとしたのは、あの夜述べた言葉どおり、こちらを束縛したくなかったからだ。

先生だって本当は、自分との体験を大事にしてくれていた。

この事実を噛みしめれば、こじれていた憧れが、愛欲混じりに燃え盛《さか》る。

勃起ペニスも元気を持て余し、下着を突き破らんばかりに脈打ちだした。

晶と知佳が選んだのは、後背位のセックスだ。

ウェイトレス姿の知佳は、立ったままで両手を机へ置いて、健康的な美尻を後ろへ突き出す。捲り上げたピンクのスカートは、腰の裏へ引っかけている。

一方、晶は挿入に邪魔なスカートとトランクスを脱いで、知佳の背後へ立った。すでにペニスから漏れる先走り汁は、自分で思っていたよりずっと多い。右手で竿を握るなり、手のひらへグチャッと広がる。

「う……っ」

下品な粘つきに気が逸《はや》り、彼は自由な左手で、知佳の腰を押さえつけた。

途端に知佳も、首を後ろへ捻ってせがんでくる。

「あぁあ、後藤君っ……早く、早く……っ！」

卑猥な玩具で下ごしらえされた彼女だから、見せる横顔は生徒へ媚《こ》びるようだ。これまで保ってきた教師の仮面なんて、すっかりかなぐり捨てている。

晶も意気込みと共に頷き返して、肉竿の角度を調節した。さらに切っ先部分を知佳の尻の陰——秘所のありそうな一点へ押し当てた。

「くふっ……！」

「は、ぁあんっ！」

鈴口は一発で、小陰唇の火照りに挟まれる。

スムーズにやれたのは、幾度かの経験が功《こう》を奏《そう》したからだろう。

とはいえ、刺激に対する免疫は不十分で、しゃぶられた牡粘膜が猛烈にこそばゆい。

さらに膣口を探してちょっと亀頭を行き来させるだけで、切っ先へ痺れが殺到だ。

「つ、うっ……！」

堪らず腿を強張らせれば、弾みで鈴口が肉の穴にめり込んだ。

「あ、んくっ!?」

思いがけないタイミングで入り口が見つかったせいで、かえってリズムが狂う。

知佳の蜜壺は、入り口からしてきついのだ。ペニスを突き立てるまでもなく、初体験の痺れが思い出された。

しかも、少年が心の準備を整える前に、知佳がまた促してくる。

「後藤君、そこよっ、そこなのっ……！　あなたの長いおち×ちんっ、奥まで入れちゃってぇえっ！」

「んっ……！」

これで晶も腹をくくった。

大丈夫。童貞卒業のときだって、どうにかなったのだ。

「い、入れますぅっ！」

彼は濡れた右手を知佳の腰へ移し、ペニスへねじ入れにかかった。

ただし、慎重だった初めてと違い、敢《あ》えて前進へ勢いを乗せる。それは己の気弱さを振り切って、知佳のリクエストへ応えるためだった。

次の瞬間、知らない少女の声が、頭上から割り込んでくる。

「学園祭運営委員会からのお知らせです――」

「い、いいっ!?」

予想外の横槍に、晶は心臓が縮こまった。

そのせいで腿が引き攣って、肉幹へ想定外の力を加えてしまう。

ズブズブズブゥウッ！

ペニスは杭《くい》さながらの猛々《たけだけ》しさとなり、まっすぐ牝襞を押し退けた。挙句、子宮口とも事故のような衝突だ。

「は、ぐ、ぅうっ!?」

揉みくちゃにされた牡粘膜は、焦げんばかりに熱く、頑丈なはずの竿の部分までが、元の形を失いそうに疼いた。

一方、知佳もウェイトレス姿を、壊れたように痙攣させている。

「ふぉあぁうっ……！　あ、ぅ、んふぅうううんっ⁉」

卑猥な道具でこなれていたはずの膣壁は急激にすぼまって、亀頭をとことん締め上げた。

さらに両肘が折れて、上半身が机へ倒れ込む。咥えた肉竿の根元まで、あらぬ角度へ捻り上げる。

「うくぅううっ⁉」

晶は状況を把握しきれないうちから、さらなる肉悦を積み上げられてしまった。呻き声も一つの塊と化し、喉の奥からせり上がってきた。

「ぅううっ！　ひふぅんぅっ！」

彼はとっさに左手を唇へあてがい、ギリギリ声を堰き止める。

そのまま涙の浮かぶ眼差しを前へ向ければ、知佳も両手を口へ押しつけて、喘ぎが外へ漏れるのを、かろうじて防いでいた。

「ん、つぅうふっ……ひ、ぉ、おぉおっ……ぅううっ、ん、んぅうううぅっ！」

ただペニスで一突きされただけなのに、彼女はもうオルガスムスへ達したらしい。

媚肉が極度に縮こまったのも、訪れた法悦の大きさゆえだ。

「く、んんぅううっ！　せん、せ……っ……！」

「は、ふっ……ひっ、んぅうううふっ……！」

揃いのウェイトレス姿で、それぞれ口を塞ぎながらのセックスなんて、傍《はた》から見れば滑稽だろう。

その間に、少女の声も淡々《たんたん》と続いた。

「本日午後三時から、体育館で演劇部による『バラの騎士』が上演されます。これは二十世紀初頭の大作オペラを、親しみやすい短編に纏めたものです。皆様、お誘い合わせのうえ、ぜひおいでください」

——やっとわかった。声の正体は、単なる校内放送だったのだ。

だが理解が追いついたところで、一度爆ぜた法悦は薄れない。

晶の股間ではスペルマが存在感を増して、このまま噴き上がったっておかしくなかった。

「ん、ぅうううぐっ！」

彼は迫る射精感をねじ伏せるため、ありったけの力を細い身体に籠める。呼吸を止め、腹筋を固め、全身汗びっしょりになりながら、数秒にわたって奮戦だ。

その甲斐あって、どうにか半擦りでの暴発は免《まぬか》れた。

「ふ、ぅうっ……！」

まだ危うさは残るものの、四肢の強張りを少しだけ緩める。

さらに、いっぱいいっぱいなのを隠し、裏返った声を知佳へ投げかけた。

「僕、動きますっ……！」

「ぅ……んぅっ！」

女教師の首も、わずかに上下した。これを見たら、少年はペニスを後退だ。

途端に、収縮の和らいでいない牝襞が、カリ首へ絡みついてきた。

「くっ、ぁううっ⁉」

喜悦は天井を突き抜けんばかりに跳ね上がり、堪らずよろけかける。しかし、動くと言った以上、もう手間取りたくはない。

晶はやる気を振り絞って、迫るうねりを押し退けた。むしろ、エラをスコップのように使って、わざと周囲をズリズリ擦り上げた。

先生、先生、先生——！

心の中で吠えながら、下がる動きをピストンへ変える。

このひたむきな腰遣いによって、凶暴な快感が止まらなくなった。性交を二回重ねた程度では、乗りこなすなんてとうてい無理な苛烈さだ。

とはいえ、内気な少年らしからぬ頑張りに、知佳も背筋をそっくり返らせる。

「ぅううっ、ひっ、ひぉっ、おっ……んぐひぃいいっ!?」

彼女は突っ伏す姿勢のままだから、自力ではろくに動けない。ただし、イッたばかりの蜜壺を突かれれば、肢体が自然と前後に揺れる。

一方、丸出しヒップは女装少年の突進を受けて、緩衝材《かんしょう》みたいにひしゃげ、潰れ、何度もたわんだ。

愛液だって白く泡立ちながら、後々《のちのち》まで染みが残りそうなぐらい、木製の床へ滴っている。動物めいた性臭は、少年をのぼせさせるほど濃くて、周囲の湿度と温度も上昇の一途だ。

やがて彼女の息遣いには、新たな切迫《せっぱく》感が混じりだした。

「ひぅううっ！　は、んむぅうふっ！　ひぅっ、うぷっ、んひふぅううっ！」

「うあっ、えっ、ぇえっ！　せ……せんせっ……ぃいぅうっ!?」

晶は狼狽え声を漏らしてしまう。

一回イッたばかりなのに、知佳はまた果てかけているようだ。が、そんなに連続で達して、女性の身体は保《も》つのだろうか——。

「んっ……うっ……ぅううんっ！」

少年は少し迷ったあと、無意識に落ちかけたテンポを、敢えてまたアップさせた。

根拠は、百音にさせられた潮吹きだ。あのときは異常なほど感じてしまったものの、快楽を超えた先の衝撃に、良くも悪くも忘れられないインパクトがあった。

知佳にも自分の腰遣いを、身体の髄《ずい》で覚え込んでほしい。

彼はわななく己の口を手で押さえたまま、牝襞の攪拌《かくはん》へのめり込んだ。

もっとも、健気な心がけでいられたのは途中までだ。気がつくと、動く速度を調節できなくなっていた。

「うあっ！　う、はぁぁあぅっ!?」

止まれない。どうしても止まれない。

まるで下り坂で駆け足を緩めなかったときのように、抽送は己の意思と無関係に激しくなっていく。疼きもますます牡粘膜を侵す。

「あぅううっ！　くふあっ、ぅあぁぁうっ!?」

ここで無理に腰を固めようとしたら、弾みで射精しかねなかった。

「ひゃううんっ！　あっ、ひうぅうふっ！　はぁふっ、うっ、んくひぃいいっ!?」

生徒の自滅めいた律動で、知佳の膣壁も二度目の収縮だ。はち切れそうなまま暴れる怒張へ、すべての牝襞が情熱的に擦り付けられる。

「あっ……わたっ、しっ……ぃいひっ！　は、あっ、おぉおぅうんふぅううっ!?」

晶は再びイキかけて、しかしペニスを全方位から圧されたせいで、やっとブレーキをかけられた。

「うっ、ぃいいいっ!?」

今度も、かろうじて射精を免れた。とはいえ、心音は鼓膜を中から押し上げそうに激しいし、目の前では無数の白い星が散っている。

「は、ぁあっ……ぁあっ……ふぅうっ……!」

いっそ、興奮に身を委ねれば、自分も極上の快楽を味わいながら、知佳へ中出しできるだろう。間違いない。なのに——、

「はうっ、ひうっ! ぅくぅううんっ! せ、せんせ、ぇっ……!」

晶はまた動きだしてしまった。

もはや自分でも、なんでここまで無理をやっているのかわからない。

知佳だって体勢を立て直せないうちから律動を食らって、肢体が強張りっぱなしとなった。

「ひぁううっ! あきっ、くっ……やっ、ぁっ、わた、ひぃいうっ! もっ、イッて……ぅううっ! イッたっ……のぉおうううんっ!」

くぐもった訴えとセットの硬直は、秘所だって例外ではない。それどころか、疼き

が集中するその一点こそ、最も収縮して、牡肉を徹底的に咀嚼《そしゃく》している。

「ひぬっ……わたっ、ひぃいいんっ！　お！　あ！　あ！　ひゃおぅううううっ!?」

一回だけでも凄かったオルガスムスが二連続なのだ。いや、すでに三度目の昇天まで近いらしい。

などと晶が察したときには、もう絶頂だった。

「イふっ、またっ、わた……ひっ、いぃいいいんっ！　ぉあっ、ぅひぃいぃいぃいぃいい……っ！　おっ、うっ、んぐひひぃぃいいいいぅうううううっ！」

またもや牝襞がミチミチと、長いペニスを揉みしだく。

「ふ、ぐぅううっ!?」

さっきと違って、少年は腰遣いを止められなかった。度を越えた肉悦に慄きながら、それでも下半身が前後してしまう。牡粘膜の神経に際限なく愉悦を溜め込んでしまう。

「あっ、うやっ、せ、んせ……っ、はぅううんっ！」

彼の童顔は汗と涙にまみれて、まるでヴァギナを貫きながら、女装した自分自身をも嬲るみたいだった。

知佳も今や、オルガスムスが止まらない。イッた直後にまたイッて、法悦が薄れるより先に、次のエクスタシーが訪れて——そんな領域へ突入している。

「んぐっ……ひふぅううぅぅうんんぅううぅっ！」

――イッた。

「ぃくひっ、ぅぷっ、ぁおひぃいいいいぃいぃいっ⁉」

さらにイッた。

彼女の膣壁は、男根を圧壊《あっかい》させんばかりの蠢きが途切れず、晶もとうとう我慢が振り切れる。

イキます！　もう、僕――！

最後に彼は、己の許容範囲を超えた力強さで、膣の最深部まで蹂躙《じゅうりん》した。

刹那、訪れたショックたるや、意識を根こそぎ吹っ飛ばすようだ。竿の底に集結した精子だって、堰き止めていられたのが嘘みたいな勢いで、知佳の胎内へ解き放たれる。

「あ、ふ、んくぅううううっ⁉」

晶から迸る悲鳴は、例によって少女めいていた。

とはいえ、至上の開放感と、急所を搾られつづける切迫感の、分別不能な捩れ合いによって、ようやくピストンを止められる。

「はぁっ……はぁぁあっ……はぁぁあっ……！」

ここまで息みつづけた反動から、彼は酸欠寸前となっていた。

対する知佳も、尻を掲げたあられもない格好で、ビクンビクンと震え続ける。

「くぁううぅっ！　んひはっ、やっ、ぅううぅぅううんふ……っ！　おっ、おおっ……あんぅぅうくうううぅぅううう……っ！」

こちらは未《いま》だに絶頂が終わっていない。

ほとんど失神同然の悶絶ぶりときたら、人の身でありながら、まるでケダモノみたいに発情期を迎えてしまったようですらあった。

昇天から十五分以上過ぎると、晶もだいぶ頭が冷えた。自分たちがどれだけ無茶したかも、ある程度は振り返れた。

もっとも、後悔なんてしない。ウジウジ抱えつづけていた悩みを、やっと蹴散らせた気分だ。

彼は身だしなみを整え、ほとんど失神状態の知佳からも、精子の汚れを拭き終えた。

ただ、美術喫茶へ戻ってしらを切りとおす自信まではない。今からどうしようかと、床に座って考える。

（後夜祭の参加も、難しいよね……）

と、エプロンのポケットへ入れていたスマホが、急にバイブ音を立てた。

「あ……っ」

あまりに戻りが遅いので、心配した部長たちが連絡をくれたのかもしれない。

そう思って画面を確認すると、メッセージは百音からだった。

『ね？　女装したら、いいことあったでしょ？』

（あの人は……っ）

晶はため息を吐いてしまった。

これを意識の戻った知佳が聞きつける。

「……どうしたの……後藤君……？」

晶の腕前では服を着せ直すのが難しいから、彼女は下半身を丸出しのままだ。さらに晶と似た姿勢で、露な尻を床へ置いている。

晶がメッセージの内容を教えると、途端に教師らしからぬセリフが飛び出した。

「もうっ、あのバカ姉はっ…………て、そうじゃなくてっ」

意識がふやけているせいで、大人っぽい振る舞いを忘れ、直後に失言へ気づいたのだろう。

晶の目にも、一瞬、知佳が同世代の女子みたいに思えた。

これは気持ちを伝えるチャンスだ。いや、今がどんなシチュエーションだとしても、もうかまわない。

晶は知佳へ顔を寄せて、思いの丈を吐き出した。

「だけど、百音さんの言うことも合ってましたっ。こうして先生へ素直になれたのは、絶対にいいことだって、思いますから……っ」

「えっ……後藤君っ？」

「僕、あなたが好きなんです。生徒としてじゃなく、男子として、先生が大好きですっ。この気持ちっ……こ、恋なんですっ」

ＯＫの返事をもらえるなんて、思っていなかった。第一、「男子として」なんて言いながら、着ているのは愛くるしいウェイトレス服だ。百音にだって逆らえず、二股かけるように肉体関係を結んでいる。

少年が望んだのは、面と向かって引導《いんどう》を渡してもらうこと。

だが、知佳はマジマジと目を開いたあとで、はにかむように顔を伏せた。

「どうしよう。私、教師なのに……あなたから告白されて、すごく嬉しいの……っ。ああ、駄目な先生だわ……」

「え？」

思いがけない言葉を聞かされて、晶は身を乗り出す。

知佳も意を決したように、顔を上げる。

「後藤君、卒業式まで私を待ってくれる？　それまでずっと……ずっと、好きでいてくれる？」

「は、はいっ……！　はいっ！　もちろんですっ！」

振ってもらうための告白だったのに、こんな返事をもらえたのだ。

贅沢《ぜいたく》など言わない。知佳の求めることなら、どんな内容だって受け入れられる。

だが、彼の感極まった気持ちへ水を差すように、再び手の上でスマホが音を立てた。

見ると、これまた百音からだ。

『そうそう。ウェイトレスの格好してる後藤君を見たら、創作意欲が戻ってきたの。明日、うちへ来てね？　時間は十三時ちょうどで』

学園祭の翌日は、授業が休みとなっている。百音もそれを知っていて、こんな連絡をよこしたのだろう。

例によって一方的すぎるが、晶の性格だと、完全な黙殺も難しかった。

「えっと、断りますね」

了解を求めるつもりで知佳に言う。

しかし、知佳の首は横に振られた。

「……できれば、姉さんと会ってほしいの。私も同席するから……」

「え？　ど、どうしてですかっ？」

百音と話せば、また強引な誘惑が待っているかもしれないのに——。

答える知佳の目には、一途な光が宿っていた。

「だって、君と付き合うためには、姉さんと決着をつけないといけないもの……っ」

こうまで言われたら、晶だって反対できない。そもそも、知佳の頼みは何でも聞こうと、決めたばかりだ。

「……わかりましたっ。明日、先生たちのうちへ伺いますっ」

彼ははっきりと、知佳へ頷き返したのであった。

第五章　背徳の三角関係

翌日――。

百音が指定してきた午後一時を過ぎると、有倉家のリビングには、ピリピリした空気が漂いだした。

正確に言えば、その源は主に知佳だ。百音は相変わらず、本心の見えない微笑みを浮かべながら、悠々《ゆうゆう》と紅茶を楽しんでいる。晶は不安を隠しつつ、何度も二人の態度を窺《うかが》っている。

ちなみに尻が深く沈むほど柔らかいソファへは、来客用の位置に、晶と知佳が並んで座っていた。

「さーて？　どうして知佳までいっしょなのかなぁ？　あたし、晶クンだけを呼んだんだよ？」

口火を切ったのは、意外にも百音のほうだった。彼女は艶っぽい笑顔をそのままに、「晶クンだけ」の部分へアクセントをつける。

この挑発を、知佳も受けて立った。

「決まっているじゃない。これ以上、わたしの生徒へいやらしい真似をさせないためよ」

昨日のうちに、晶と知佳はいくつかの相談をしておいた。

たとえば、卒業のあとで恋人になる話は百音へ明かさずにおこうとか、晶はもう百音のモデルを引き受けないようにするとか。

「ふぅん……？」

百音がティーカップを置き、小首を傾げた。

「でも、知佳だって、けっこういやらしい真似をしてなかったっけ？」

「そ、そのきっかけだってっ……姉さんが、後藤君に恥ずかしい思いをさせたことでしょうっ!?」

「あたしのせいにしちゃうんだ？」

「ええ、そうよっ」

どんな屁理屈を重ねることになろうと、弱みは見せないよう心がける、というのも、昨日、二人で決めたことだ。でなければ、百音はきっとそこを攻めてくる。

「私、昨日みたいなペナルティは、もう無視させてもらうわ。どんな内容でも受け入れるのがルールだったけど、私が週刊誌か何かのネタになったら、姉さんだって活動に支障が出るわよねっ？」

「あー、うん。あれはちょっとやりすぎたかもねぇ？」

百音は悪びれもせずに認めてから、視線を晶へ移した。

「で、晶クン的にはどう？　来てくれたってことは、またモデルを引き受けてくれるんだよね？」

「いえっ……」

ここから先は自分が頑張る番だと、晶も背筋を伸ばす。

「今日、僕は正式にお断りしたくって、ここへ来たんです……っ」

「お礼なら、ちゃんと新しいのを考えるよぉ？」

「それでもですっ」

気負《きお》って答えれば、百音はむしろ好意的に身を乗り出した。

「じゃあさ、絵とか関係なく遊びに来てよ？　あとでその気になれたら、モデル役も復活ってことで」

「も、もう決めたことですから……っ！」

あまり食い下がられると、知佳と話し合った内容を漏らしそうになる。それを自制すれば、今度は声へ勢いを乗せきれない。

「だいたい百音さんだって、モデルの依頼を凍結したあと、ずっと音沙汰《おとさた》なしだったじゃないですかっ……」

反論の糸口を摑むつもりで、晶は言ってみた。しかしかえって、放置されたことへの不満みたいになってしまう。

百音も軽めの苦笑いと共に、両手を合わせた。

「ごめんね？　あたし、絵とかと関係なく、晶クンから連絡が来たら嬉しいだろうなって、期待してたの」

「……はい？」

「あたし、晶クンを愛してるんだよ。いろいろやってるうちに、本気で好きになっちゃった。というわけで、これからもぜひ、会いに来てほしいなぁ？」

「ま、待ってください……！」

晶はのけ反りそうなほど、たじろいでしまった。

「そんなこと急に言われたって、信じられません！」

「えー、全然、急じゃないよ？　ちょっと前にも言ったじゃない。惚れ直したって」

「あれは冗談ですよねっ！　それに僕をっ、んっ、その……す、好きならっ、なんで昨日、先生と二人きりになるように誘導したんですかっ⁉」

「だって、妹が迷ってたら、あと押しするのも姉の務めじゃない。で、で、で？　昨日は知佳とどこまでやったの？　本番エッチまで行っちゃった？」

その瞬間、堪えきれなくなったように、知佳が叫んだ。

「あまり後藤君を困らせないでっ！　私たち、後藤君が卒業したら、正式にお付き合いしようって決めているのっ！」

彼女はとうとう自分から暴露《ばくろ》する。

途端に百音も、ニッコリ目を細めた。

「あはっ、やっぱり？　じゃあ、姉としての応援はここまでだねぇ。あたしも今日からガンガンいっちゃおうっと」

それから軽く身をくねらせて、晶へ甘い眼差しだ。

「あたしにだってチャンスあるよね？　だって、生徒と教師じゃ世間の目が厳しいけど、あたしとなら気兼《きが》ねなくいろいろできちゃうよ？　デートも、買い物もぉ、美術館巡りもっ」

彼女が列挙《れっきょ》していく内容は、晶が知佳と初めて結ばれた夜、密かに妄想したものとかぶっていた。まるで心の中を読んだように、欲求をピンポイントで突いてくる。

このまま、受け身でいてはいけない。晶は弾みをつけるため、ソファから立ち上がった。

「ぼ、僕がっ……！　僕が好きなのは、先生なんですっ！」

途端に、百音が上目遣いで質問だ。

「じゃあさ？　君が今までで一番気持ちよかったエッチ、最後に教えてよ？」

「え？」

「公園でのセックスかな？　アイドル姿での潮吹きかな？　それとも……あたしが上になった騎乗位？」

「それ、は……！」

相手の明け透けな口ぶりに、晶もペースが乱れた。特に、百音の部屋で何をされたかは、知佳へだって教えていない。羞恥と焦りで口ごもりかければ、それを都合よく解釈されてしまった。

「ほらほらぁ、悩むってことは、あたしにも脈ありっぽいよぉっ？　せっかくだし、今から三人で始めちゃわない？　どっちからの愛撫が気持ちいいか、晶クンに比べてもらうのが、一番早いよねぇ？」

「馬鹿なこと言わないでっ！　そんな不道徳な真似、後藤君へさせられるわけないじゃないっ！」

知佳まで腰を浮かせかけた。

すると、百音は標的を妹へ変えて、グイグイ押しはじめる。

「今さら、そんなの気にしたって手遅れだってばー。晶クンに女装させて、公園で青姦までしちゃったって、知佳が自分で言ったんだよ？　それにエッチな勝負で負けたら、あたしだって潔《いさぎよ》く身を引くから。二度と晶クンへちょっかいかけない。うん、約束する」

彼女は知佳の視線を巧《たく》みに自身へ引き付けて、晶が口を挟む隙を作らない。さらに罪悪感を煽ったり、妥協点をチラつかせたりで、交渉を有利に進めようとする。

腹の探り合いが不得手な知佳も、怯んだように座り直してしまった。

「だ、だから……駄目だって言ってるのよ。そういう性的なことは……っ」

彼女は目を泳がせかけて、そこで手を百音に軽く握られる。

「あ……！」

「平気平気。家の中でやれば、秘密は漏れないし。大切な晶クンの愛を守るためなら、もう一回のエッチぐらい、仕方ないんじゃないかなぁ。それに晶クンのおち×ちんが、奥へ当たるのは気持ちいいもん。卒業までの禁欲は……ふふっ、長いよぉ？」

「っ……」

姉の潤む眼差しを受けながら、知佳は何度も尻の位置を直した。目線を落ち着きなくあちこちへ彷徨わせた。

ついには探るように、尋ねてしまう。

「…………私が後藤君に選ばれたら、もう姉さんは悪ふざけしないのね？」

「面と向かって決めたことなら、きっちり守るってば。あたしはスチャラカで、嘘だって吐くかもしれないけどぉ……正式な約束を大事にするのは、長い付き合いでわかってるでしょお？」

言葉と裏腹に、百音の瞳をよぎる光は、カモを捕まえた詐欺師みたいだった。

しかし、知佳には相応の説得力があったらしい。

「そう、ね……」

警戒の素振りを残すものの、彼女はコクリと頷く。

（え？　え？　あれ……？）

横で見ていた晶は、何がどうしてこうなったのか、ほとんどわからなかった。あれよあれよという間に、知佳が流されて、全員でエッチする流れになってしまったようなー。

(あれれぇぇえっ⁉)

だが戸惑いつつ、知佳と百音から同時に迫られる状況を思い浮かべれば、彼だって胸が高鳴る。

忙しくまばたきを繰り返す年下の少年へ、知佳たちが顔を向けてきた。

「……っ」

「ふふっ」

知佳はまだ気持ちを整理しきれていない様子だ。

正面の百音は——面白がっているとしか見えない表情であった。

場所を百音のアトリエへ移し、晶は床へ敷かれたタオルケットの上に寝そべらされた。

服だって、百音から貸し出されたものへ着替え済みだ。

だが今回の装いは、ワンピースやアイドル衣装が生易《なまやさ》しく思えるほど、あられもない。正直、服と呼んでいいのかどうかすら怪しい。

「あの……本当にこんな格好でやるんですか……？」

煽情的《せんじょう》なランジェリー姿になった百音へ問えば、彼女は薄紫のカップに包まれたバストを揺らして頷く。

「もちろんっ。晶クンは言ってみれば、勝者へのプレゼントみたいな立場だもの」

プレゼント――。その発想から用意されたのは、いわゆる「裸リボン」だった。

晶は華奢な両手首と両足首を、枷さながらにピンクのリボンで縛られている。

さらに胸から腰にかけてや、腕、腿などへも、同じ色のリボンが巻き付いていた。

一方、乳首、股間、尻といった、本来隠すべき部位は丸見えなのだ。

すでに女装を受け入れた晶も、この格好は情けない。そのくせ、露となったペニスは、隆起《りゅうき》しながら被虐的にムズつきだしている。

「うう……」

助けを求めるつもりで知佳を見れば、女教師の目つきは姉以上に熱っぽかった。床にペタンと座りつつ、生徒へ向けて前のめり。凛としていたはずの口元は、しどけなく涎を垂らしそうだ。

「先生……？」

晶が呼べば、彼女はハッと我へ返って、取り繕《つくろ》うようにいつもの表情へ戻った。

「あ、その、やっぱり嫌よねっ？　姉さん、こんな悪ノリはやめるべきよ……っ」

こちらもすでに下着姿で、その色は前回と同じく、上下ともに黒い。ただ、アトリエ内が明るいから、きめ細かな肌と布地のコントラストは、いっそう際立っている。

ともあれ、今の見惚れぶりから、知佳の本音は一目瞭然《いちもくりょうぜん》だった。

「い、いいんですっ……先生が気に入ってくれたなら……っ」

晶は観念して、百音に目を移した。

「……僕、ここから何をやればいいんですか……？」

「じゃあ、腕を頭のほうへやって？　それ以外はジッとしてればいいよぉ？」

百音はセリフの間に晶の手首を摑んで、上へと導いていく。当然、少年は腕もいっしょに持ち上げられて、腋の下がむき出しになった。

「ん……！」

童顔や脚がツルンと瑞々しい少年も、腋の下にはいくらか毛が生えはじめていた。一本一本は細くて、数も多くないが、ふだん隠している毛を美女たちに晒すのは、ペニスを見られるときと、また違う恥ずかしさがある。

百音もわざとらしくそこを覗き込んできて、

「ふーん、こっちにも毛が生えてるんだねぇ？　おち×ちん周りは見慣れてきたけど

「……んふっ、ちょっと秘密の場所を見ちゃった気分？」

彼女の冗談は、毎回、少年の胸中をざわめかせる。

しかも一連の動作によって、スイカぐらい収まりそうなボリュームのブラジャーが、顔面へ接近中だ。フェロモンめいた匂いも甘やかで、見上げる晶は息を呑み、ペニスまで弾ませてしまった。

それを視界の隅に捉えて、百音が悪戯っ子のように笑う。

「知佳、あたしたちも脱ごっか」

「ええ、そうね……っ」

知佳も姉のバストと少年の反応を見比べてから、少し悔しそうに頷いた。

そこから姉妹の手は、各々のホックに回されて――。
二、三分後、カーテンを閉ざされたアトリエ内で、全員が裸を見せ合うこととなったのである。
「んじゃ、おち×ちんは知佳に任せるよ。口でも手でも、好きなところで扱いてあげてねぇ？」

百音は丸見えとなった乳房を弾ませながら、妹へ笑いかけた。彼女が下着を脱いだあとで座ったのは、晶の左胸近くだ。

一方、知佳も晶の右腿の傍にしゃがんでいた。

「……いいの？　これって後藤く……ううん、どちらが晶君を気持ちよくできるかの勝負なのよね？」

（先生……）

憧れの女教師が、自分を姓ではなく名前で呼んでくれている。

晶は自由を奪われたままながら、そこに初々しい感慨を抱いた。加えて、初めて見る彼女の裸へ、目と心を奪われた。

知佳の手足はしなやかに引き締まり、伸びやかさもまるでスポーツ選手のようだ。粘土や彫刻を扱う以上、体力だって必要なのだろう。ひょっとしたら、ジム通いなどを習慣としているのかもしれない。

バストも姉よりだいぶ小さいものの、形がお椀を伏せたように麗しく、先端をツンと上向かせていた。サーモンピンクの乳首と乳輪も密やかで、こちらはどことなく、日ごろの真摯《しんし》な面こそ本当なのだと訴えているみたい。

その知佳へ、百音は余裕しゃくしゃくで告げた。

「いいよぉ？　ハンデハンデ。代わりにぃ……あたしはこっちをいただきまぁすっ」

彼女は言い終えるなり、晶へ顔をかぶせて、熱烈な口づけを始める。

「あっ⁉」

「んっ、ふっ⁉」

先を越された知佳が声をあげ、晶だって目を白黒させた。

とはいえ唇の瑞々しさには、驚きへ上書きされるだけの存在感がある。こぼれる吐息も、身体の芯の火照りを少年に想像させる。

「ぁふっ、んっ……んふぅう……っ」

「う、くっ……ぅうっ……⁉」

百音は含み笑いまで、完璧なほど色っぽい。あわよくば少年の恋心を、声だけで奪おうと目論んでいるかのようだ。

だが、晶はキスの途中から、知佳の視線が姉の横顔へ突き刺さっているのを感じた。

（そうだっ……だ、駄目だよっ……！）

本命の相手を決めたあとで、別人のキスへ溺れるなんて――！

彼は甘美な感触へ抗うために、縛られたままで顔を背けようとする。

だが、この程度のぬるい反発は、百音だって予想していたらしい。

彼女はたおやかな両手で少年の頬を挟み、濡れた舌までのたくらせだした。

「んんぅっ……あき……ら、クンっ……はむっ、んむっ、ふちゅっ、ちゅぶっ……」

ヌルつく軟体の蠕動《ぜんどう》ぶりは、さながら独立した生き物だ。唇へしっとり擦りつけられて、口内へ通じる隙間を作り出すや、ニュルリと潜って、内頬までねぶってくる。

「ふふっ、あ、んんぅっ……はむっ、ぅっ、れぇえろっ……」

「ぅうぅっ！　んんっ、ぅっ、むぅうぅっ!?」

晶は舐め回された箇所が、毛羽《けば》立ちそうなほどムズついてしまった。

情熱が先走る知佳と比べて、百音は舌遣いが遥かに自由だ。キスの優劣を比べるなんていけないこと――わかっているのに、少年の意識は朦朧となりかける。

そのとき、いきなり股間が盛大に疼きはじめた。

「んんんぅっ!?」

今度は知佳がペニスを握り、頑丈な竿を引き起こしたのだ。

女教師の手の力はかなり強く、熱い痺れが、口腔内の快感を押し退ける。

「告白されたのは私のほうなんだから……っ、私、姉さんがやるより、もっと晶君を気持ちよくしてあげる……っ」

知佳は思いつめた調子で言うなり、上体を倒し、亀頭を一心にねぶりだした。座っていた位置の関係上、舌の細かな凹凸で、粘膜の側面や表面を直撃する。

「は、ぅ、ううんっ⁉」

刺激に鈍い痛みが交じり、晶は額へ脂汗が滲んだ。

しかし、これがきっかけとなって、我慢汁も鈴口から溢れ出す。

ヌルつきたっぷりの潤滑油が加われば、知佳の動きもいっぺんに滑らかとなった。

舌はすばやくスライドして、カリ首を縁取る。亀頭の広範囲を圧したりもする。

となれば、痛みまでが快感に取り込まれて、

「ぁ、んむっ……ふぅうんっ……！」

晶は唸りながら、細い顎を浮かせた。

皮肉なことに、持ち上がった彼の舌を絡め取るのは、知佳の恋敵《こいがたき》である百音だ。

「あきらクゥンっ……あたひのことっ、んぁぷっ、な、なめ返してぇえっ……！」

舌のザラつきは、百音たちからすれば便利な武器で、晶にとっては、引っかかることで疼く性感帯となる。晶は触覚だけでなく、味覚も、唾液の粘着音が届く聴覚までも、あえなく異常をきたしそう。

しかも彼の腰が突っ張れば、今度は知佳が負けじと舌遣いを速めた。

「ふぁあふっ……あきら君の、おひんひんっ……あつ……いっ……！　もっとぉ、わたひでっ、きもちよくなっへぇぇ……っ！」

卑猥な哀願とセットのフェラチオは、もはや荒っぽいからこそ気持ちいい。グニグニ、グイグイ、牡粘膜表面を窪ませて、晶の興奮を焚《た》きつけてくる。

「んんぅうっ、くはぅううふぅう……っ」

「ひむっ、はむっ、んっ、ぅぁあむっ！」

美人姉妹は大人げないほど熱心に、女装少年の粘膜を貪りまくった。

しかし何故か、百音のほうは唐突に顔を上げて、ディープキスを中断する。

「ん、あっ……？」

晶もいきなり口元が軽くなり、頼りない声をあげてしまった。そこへ愛おしげな視線が降ってくる。

「ふふっ、心配しないで、晶クン……次はこっちで感じさせてあげる……ぅ」

百音はそう言って、身体の位置を下へずらす。

つられた晶が後頭部を浮かせれば、

「うわっ……!?」

ピンクのリボンでグルグル巻きになった自分の身体まで、視界へ入った。

しかも腹の先では、知佳が両手でペニスを支えながら、先端部を舐め回している。

この羞恥で、晶も少しだけ頭がはっきりした。自分が景品扱いされているのを思い出した。

と、妹の媚態を隠すように、百音が胸板へ顔を下ろしてくる。

新たに標的とされたのは、晶の左乳首だ。百音はディープキスに使ったばかりの舌先で、乳輪もろとも極小の突起を転がしにかかったのである。

もっともキスのときと違い、痺れは触れ合った瞬間から突き刺さるようにきつい。

「う、ぅああっ！　な、なんで……僕ぅ……っ!?」

自分の乳首がこんなに感じやすいなんて、晶は夢にも思っていなかった。

「んふふっ、晶クンの乳首って……女の子より弱いかもねぇ？」

百音は美貌を浮かせて笑ったあと、乳首嬲りを本格化させる。少年の反応を横目で確かめながら、見せつけるように舌をうねらせて、刺激をみっちり詰め込んできた。

さらに右側の乳首へも、空いていた手を伸ばす。

こちらは始めに中指の腹が引っかかって、晶は一点へこそばゆさが集中した。続けて人差し指と親指でクリクリ捻られると、神経がつま弾《び》かれるようにムズついた。

「あっ、あンふっ！　そんなっ、されたら僕っ……ひぁあんっ!?」

「ぷはっ……ん、ああっ、可愛い声だぁっ……いくら聞いても飽きないよぉ……っ」

「はっ、あっ……先生っ……うぅんっ、ち、知佳、さぁあんっ！」

追い詰められた晶は、初めて知佳を下の名前で呼ぶ。

するとこれが引き金となり、知佳は長いペニスを根元近くまで頬張った。

「あぁあっ、晶君っ……！　んっ、はっ、ぁあおむぅふっ！」

突き出された唇は竿へ密着し、亀頭を含めた大部分を、熱い空間へ閉じ込める。のみならず、公園でやった以上の目まぐるしさで、扱く動きまで始まりだ。

「んんぶっ！　ぅぶっ！　ふぷっ！　ひぶぷっ！　ぁあおっ、ぇええおぉおふっ！」

「や、んやぁあっ!?」

唇と怒張の間で空気が鳴るのをＢＧＭ代わりに、晶は肉幹の表皮を伸縮させられた。いっしょに引っ張られたカリ首と裏筋も苛烈に疼き、上下する舌で磨かれた亀頭は、丸ごと煮崩れしそうに熱くなる。

「あ、くっ、ぅううっ!?」

恋人の約束をした相手は知佳なのだし、本当ならこちらの愉悦へだけ、心を傾ければいいはずだ。

しかし、３Ｐなんて特異なシチュエーションだと、感じることそのものへ、罪の意識が付きまとう。

晶はこれを紛らわそうと身体を捻った。途端にリボンがそこら中へ食い込んで、責められていない腰や腿まで、ＳＭチックに痺れてしまう。

「は、ぅうぅっ!?　あっ、あっ……知佳さんもっ、百音さんもっ……もっと優しくっ、ぉ、お願いします……！　僕っ、これじゃすぐっ、イッちゃいますからぁっ！」

せめて自由な口で懇願すれば、百音は逆に意地悪く舌の蠕動を速めた。指を軽やかに躍らせた。

「んふふっ、ほらほらぁ……こうすると、知佳の口なんてなくても、胸だけでイケそうでしょ？」

言いながら、顔の向きを変えて、妹のほうを見る。

「ん、ぐっ！」

知佳の声が跳ねたのは、晶の死角で二人の目線がぶつかり合ったからだろう。

直後、ペニスにかかる律動も速まって、竿どころかカリ首まで、遠慮なしに扱いてきた。

「あっ、あっ、やぁああっ!?」

晶はリボンで痛むとわかっているのに、細い裸身を揺すってしまう。

しかも、愛しい少年の反応を励みとしてか、知佳は自ら喉を奥までほじりながら、いっさい休みを挟まない。

「知佳、さぁぁんっ、ぅあっあっぁああっ！　駄目ですっ、そんなにされたらっ、僕っ、僕ぅううっ⁉」

「はぅぶぅうふっ！　ぅ、えっ……ぉえっ！　んくぉっ、ぇおっ、ぁあぉぉふっ！」

精液の気配は、加速度的に肉竿へ迫ってくる。

傾けられた尿道もいっしょに緩みだして、絶頂を食い止めるのはますます難しい。

「出ちゃう！　これじゃっ、始めたばっかりなのにっ、出ちゃいますからぁっ！」

晶はマズいと理解しながらも、さらに身を捩るしかなかった。

この悪あがきが、かえって屹立を知佳へ擦り付ける。亀頭は彼女の口腔を抉り返し、エラと舌もいっそうぶつかり合う。

のみならず、百音による胸への愛撫も、ヒートアップだ。乳首の位置がズレるため、さっきよりずっとやりにくいだろうに、彼女は舌と指をバラバラに操って、女装少年へさらなる牝めいた悦びを植えつけてきた。

「んふぅっ、ィッひゃえっ……晶っ、クぅうンっ！　あぶっ、ひ、むぶぶっ！」

「あぅぶっ！　ぅひううんっ！　イッへぇっ！　わたひでっ、イッへぇええっ！」

「はぁあっ……！　はぁああっ⁉」

晶は四肢が攣りそうだった。そこへとどめとばかり、知佳が汗だくの美貌を落としてくる。

「ぅえぐぅうっ！　ひぶっ、ぇうぅうぅうんっ！　ひっ、ふぐぅうぅうふぅうぅうっ！」

男根を付け根まで頬張った彼女は、えずきそうな気配を力ずくでねじ伏せている。鼻先を陰毛の茂みへ埋《うず》めて、息苦しいのすら、唇をすぼませるのに利用する。

このなりふりかまわない愛情表現で、晶の子種も決壊《けっかい》した。白濁は打ち上げ花火さながら、尿道を真っすぐ駆け上り、鈴口まで踏み荒らしたあと、知佳の口へ噴出だ。

「んんぶっ、ひぉぶぷっ、えぇぇえぇぅうっくぐぅうぅうぅううぅうっ⁉」

前に公園でやったときより、知佳はずっと切羽詰まっていた。きっとゲル状の汚濁で、食道まで塞がれたからだ。その痙攣ぶりときたら、今にも咽《む》せてしまいそう。

しかし、それでも顔を上げようとしない。一滴残らずスペルマを迎え入れるため、同じ場所へ留まりつづける。

「う、ぇっ……えぐっ、ぅ、ぅううっ……！」

「せ、先……生……っ」

晶も極度の法悦で、呼び方が元へ戻ってしまった。

やがて射精がすっかり終われば、知佳は一呼吸分の間を置いて、顔をノロノロ上げはじめる。

「んっ……む、くふぷっ！」

怒張にへばりつかせた唇は、亀頭が外へ現れた瞬間、一文字に引き結んだ。そうやって白濁が零れるのを防ぎ、上体を起こしたら——コクン。子種をまとめて飲み下す。

「あぁ……晶君っ……晶君の、苦い精液っ……好き……いっ……」

「ふふっ、知佳もなかなかやるねぇ……」

少年の絶頂と同時に、百音も乳首弄りをやめて、妹の献身ぶりを眺めていた。

やがて、彼女は晶のほうへ首を曲げる。

「次はいよいよ、あたしがおち×ちんを可愛がる番だよね？　絶対に、知佳より気持ちよくしてあげる……っ」

「……ぅぅっ」

どうやら、百音には休憩する気なんて、毛頭《もうとう》ないらしい。

知佳への気持ちを反芻《はんすう》する間ももらえないまま、晶は息を詰まらせてしまった。

——絶対に知佳より気持ちよくしてあげる。

自信満々で晶の頭の脇へ片手を置いた百音は、もう片方の手で、拘束具となっていたリボンをほどいた。

「ぁ……」

晶が息を吐いたのは、自由を取り戻せたからではない。汗びっしょりの童顔へ、またも爆乳が接近したからだ。

しかも、今度はブラジャーが無い。美女の肌は目の前でユサユサたわみ、しこりきった乳首も、触れんばかりに鼻先を通りすぎていく。

もっとも、百音は手からリボンを離すなり、さっさと身体をどけてしまった。

「んふふっ」

からかう目線を少年に投げかけて、彼女は身体の向きを百八十度変える。今度は豊満な尻を浮かせつつ、足首のリボンも同じように取り払った。

「姉さんは……どうする気なの……？」

一歩引いていた知佳が、身がまえながら尋ねる。

しかし、百音は答えなかった。思わせぶりに微笑んだ上で、視線を晶へ戻し、

「次はあたしが寝るから……場所、空けてね？」

「は、はい……っ」

晶は強張っていた手足を動かして、ぎこちなくタオルケットから起き上がった。

「んっ……」

見ると、綺麗に敷かれていたはずの白い布地は、床で皺だらけになっている。自分が盛大に乱れたからだ――と、晶も一目で実感させられてしまう。

そこへ入れ替わりで、百音が仰向けに横たわった。

刹那、汗で湿った爆乳は重力に引かれて、ムニュリッとひしゃげる。ふくよかな丸っこさを保ちつつも、胸から滑り落ちそうで、ひどく危なっかしい眺めだった。

さらに両手が身体の脇で、脱力しながら開かれた。

しかし、これでは完全に待ちの体勢だ。為されているのは、愛撫の腕前を競う勝負のはずなのに――。

「あの……百音さん……？」

「ふふっ、あたしが君のために使うのはねぇ、ここ……っ」

百音は膝を立て、むっちり色白の腿を左右へ広げた。これで少年へ、ついでに知佳へも、匂い立つほど火照りきった秘唇が披露される。

どうやら乳首嬲りの途中から、百音の内では牝の心根《こころね》が昂っていたらしい。蜜のこぼれ方ときたら、こんもり茂っていた陰毛が肌へ張り付くほどで、小陰唇は血の気を帯びて膨らみながら、肉厚の大陰唇を押し退けている。

さらに秘唇の上端近くでは、晶の知らない小さな突起が、包皮の陰からはみ出しかけていた。

「おチ×ポをね、ここへ入れてほしいのっ……」

彼女は右手の指先で、割れ目を大胆に開く。これで奥へ隠れていたピンクの媚肉どころか、ヒクつく膣口まで無防備となった。

「ず、ズルいわよっ、姉さんっ……！」

まだ本調子へ戻っていない知佳が、かすれた声で抗議だ。

「私には口だけでやらせておいて……っ！」

「えー？」

百音は寝転がったまま、小首を傾げた。

「おマ×コを使ったら駄目なんてルール、決めてなかったでしょお……？」

「それは……っ、姉さんが……紛らわしい言い方をするから……っ」

言い負かされた知佳が、悔しそうに唇を嚙む。

とはいえ、彼女は考えるような間を置いたあと、何かを決心したように、肩の強張りを解《ほど》いた。

「ごとうく……いいえ、晶君、姉さんを抱いてあげて」

「え？」

晶は目をしばたたかせる。

「いいんですか、先生……っ!?」

これもある意味、露出プレイかもしれない。だが、人に見られそうな危険を意識するのと、想い人から実際に見られるのとでは、プレッシャーが大きく違った。

オロオロする晶へ、知佳は労わるような微笑を浮かべる。

「晶君は気に病まないでいいのよ。ただ……」

「ただ?」

「姉さんとのセックス、私も手伝うわ」

「……知佳?」

最後の付け足しはトーンが低く、百音も意表を衝かれたように、身を起こしかけた。

次の瞬間、知佳が倒れ込むように姉へ抱きつく。そのまま、全身の動きを封じにかかる。

「きゃっ、ちょっと、知佳っ……? ねぇっ、なんか怖いんだけどっ?」

「いいからジッとしてっ。これ以上、姉さんの好きなようにはやらせないから……!」

身を捩る百音の上で、知佳の美尻も淫らにくねる。

とはいえ、力は見た目どおり、知佳のほうが強かったらしい。百音の抵抗は易々《やすやす》と抑え込まれ、しかも当人の指が割れ目から離れるや、今度は知佳の右手が、そこをクパッと全開にした。

「やっ、知佳ぁっ!?」

まるでレズプレイめいた美人姉妹の絡み合いに、晶も気圧《けお》されてしまう。

そこへ知佳の呼びかけだ。

「さあ、晶君……今のうちに……っ」

「は……はいっ……！」

晶だってこの状況で、異論を挟む気にはなれない。転がるように百音の足の間へ移動して、身体へ巻き付いていた残りのリボンを取り払う。

「んっ！」

鈍痛交じりの圧迫がなくなったせいか、最大サイズを維持していたペニスも、ビクンッと上向きに弾んだ。晶はこれを右手で握り、百音の割れ目へ近づけるために低く倒す。

「ん、くっ……！」

ムズがゆさで声が揺らぎ、視界までブレかけた。それでも改めて下を見れば、

「ねぇっ、これっ……あたしが考えてた展開と違うんだけどぉっ……」

「姉さん、暴れないで……っ、晶君がやりにくいでしょう……！」

割れ目が知佳の手で開かれたままのため、百音が多少もがいていても、入り口への狙いをつけやすい。それに晶自身、三度の挿入を経て、いくらかコツを摑めている。

きっと、ここ——！

頃合いを見て亀頭を押し出すや、百音の膣口と密着した。さらに陰唇の熱を感じながら、鈴口を上下させれば、ほんの数回の往復で、奥へ進む角度を見つけ出せる。

「行きます……！」

知佳と百音の両方へ告げてから、少年は膨らみきった逸物を、肉壺へ突き立てていった。

「は、うっ、ううぅっ……百音、さんぅうっ！」

少女みたいな顔が泣きそうに歪んでしまうのは相変わらずだが、湯気を立てんばかりの膣口は力強く押し退けて、四方からの圧迫を存分に味わう。

百音も挿入が始まるや、雷で打たれたように抗うのを止めた。声も一転して、心地よさそうに変わった。

「あっ、はぁあんっ……わ、わかる、よぉおっ……！　晶クンのおチ×ポでっ……あたしっ、中までグリグリ広がっちゃうぅううっ！」

享楽的《きょうらく》な性格だから、この際、乱交をストレートに愉しもうと考えを改めたようだ。

おかげで晶も、自分の望むペースで秘洞を貫けた。待ち受けていた濡れ襞を亀頭でかき分ければ、擦れ合う面積がどんどん広がって、牡粘膜を快楽で満たされる。

「あ、あっ、ぅううっ！」

ここで知佳も身体を起こし、百音の横で座り直した。

「晶君……私の手伝い、まだ終わりじゃないのよ……っ」

彼女は言うなり、割れ目のほうにやっていなかった左手を、姉の爆乳へ伸ばす。

その小指から中指までが、揺れる柔肌へ白蛇みたいに絡みついた。次の瞬間、摑む力も増して、指の腹は膨らみを縦長に歪ませるほど、きつく、深く、めり込んだ。

「は、やっ……ち、知佳ぁっ!?」

「……っ……」

百音の呼び声を、知佳は聞き流す。ただし、その表情には余裕がなかった。真面目な性格だから、姉と言い合うことはあっても、悪戯の仕返しなんてやり慣れていないのだろう。

その分、手つきも先を急ぐようで、残っていた人差し指と親指まで使う。こちらはしこっていた乳首を、乱暴に捻り上げた。

「んつっ⁉」

百音の声音は、痛みと性感が混在するものだ。それが直後に、なじる言葉へ変わる。

「やっ、やぁん……知佳ってばぁ……っ！　今はっ、晶クンのおち×ちんだけっ、感じたいのにぃいっ！」

彼女も妹の暴走が思った以上で、再び動揺したらしい。一度は嬉しそうに晶を出迎えた肉壁が、ゾワゾワゾワッと急に狭まったのが、何よりの証拠だ。

「つぁううっ⁉」

晶も想定外のタイミングで弱点を刺激されて、痺れが脳天へ突き抜けた。どうにか踏ん張り、つんのめることは堪えたものの、知佳は結合部近くに残していた右手まで、ギクシャクと使いだす。

こちらの指先は、陰唇の上で息づく小さな突起へ迫っていた。

「晶君はここ、知っているかしらっ？　陰核とかクリトリスとかっていうの……」

知佳は説明しながら包皮を剝いて、出てきた真珠みたいな粒を、人差し指で擦り上げる。

この瞬間から、百音の虚勢《きょせい》は、跡形《あとかた》もなく消え失せた。

「ひゃううんっ⁉」

まだ一撫でされただけなのに、彼女は雌猫みたいなよがり声を吐き散らす。美貌も紅潮しながら、痛々しいほど歪んでしまう。

とはいえ、晶も呑気《のんき》に観察している場合ではなかった。肉壺の収縮ぶりは、バストを嬲られはじめたときを優に超え、熱い潤いを湛えた襞が、いっせいに牡肉へ押し寄せてくるのだ。

にわかには受け止めきれない絶大な快感が、亀頭で弾け、竿へもグニグニ潜り込んだ。

「は、んぅううっ！」

晶は耐えきれず、一度は防いだはずの、不格好な前かがみとなってしまう。

百音も四肢を突っ張らせながら、切れぎれの悲鳴を上げた。

「あ、ンっ……ち、知佳っ……そんなに怒んないでよ……ぉっ！」

対する知佳は声のトーンを落としたままだ。

「これはあくまで晶君に協力しているだけよ。手を貸しちゃいけないなんてルール、なかったでしょ……？」

そのセリフは知佳にとって、精一杯の意趣返しらしい。

ともかく、彼女は指を本格的に操りだす。

百音もこの愛撫に負けて肢体を捩り、かと思えば、折れんばかりに反り返らせた。

「あひっ、ぁああんっ！　待って、それストップぅうっ！　おち×ちん動かしてもらう前からっ、かひっ、かっ、感じすぎちゃうぅうっ……からぁぁあっ！」

上半身もいやいやをするように左右へ捻られて、そのせいで鷲掴みされた爆乳は、指の間からはみ出す部分が破けそうにたわむ。のみならず、無事なもう片方の膨らみも、ユサッユサッと弾んで、躍って、波打った。

晶だってヴァギナへ入れきった肉幹が、あらぬほうへ捩れそうだ。渾身の力で息まなければ、本日二発目の精液が、尿道を割ってきかねない。

まるで自分まで、浮気のお仕置きをされているみたいだった。

と、知佳が両手を姉から離す。

「あぁ……やっぱり姉さんの真似をしても駄目ね……私、晶君に可愛がってもらうほうがいいの……っ」

彼女は百音の腰をまたぎ、姉の上で四つん這いめいた姿勢を取る。晶へは、汗の浮く美尻を差し出してくる。

「晶君……今はまだ指でいいからっ。お願いっ、私のお、おマ×コにも触って……！　奥まで指を……突っ込んでぇっ！」

おねだりと共に揺らぐ秘所は、姉以上にトロトロふやけていた。

「はい、先せっ……いえっ、知佳さん！」

晶も勇躍《ゆうやく》して手を持ち上げる。

さっき感じた浮気のお仕置きなんて、後ろめたさが生み出した勘違いだった。知佳はただひたすらに、牝芯への愛撫を求めてくれている。

その気負いから、人差し指を陰唇へあてがえば、

「はぅうんっ！」

「んく……っ！」

弄られた知佳だけでなく、晶まで喉を鳴らしてしまった。

牝芯の火照りは、末梢神経を炙るようだ。しかも、指先を押し込んでみれば、肉穴が淫靡な抵抗を示す。

これまでも感じてきたように、知佳の秘所は、姉と比べてきつく締まっている。たとえ指一本だろうと、入り口でしっかり咥え込み、中では濡れ襞を隙間なく押しつけてくる。

「は、ぁああんっ……あ、晶、くぅうんっ！」

ここで耐えかねたように、百音が甲高い声をあげた。

「ねえっ……晶クンっ……知佳だけじゃなくっ、あたしにもしてぇえっ！」

すると意外なことに、知佳も晶のほうへ首を捻って、喉を喘がせる。

「晶君っ……姉さんのことも、感じさせてあげて……！」

「え、えっ⁉」

「もういいのっ……！　悪ふざけばっかりの姉さんへ、晶君のおち×ちんでっ……思い知らせちゃって……っ！」

「……わかりました！」

知佳と百音は、ひょっとしたら姉妹仲が悪いのでは――と、晶は疑うことが多々あった。しかし、なんだかんだで、どちらも互いを嫌っていないらしい。

それはそうだろう。もし本気でいがみ合っていたら、いっしょに暮らしているはずがない。

「僕っ……二人が気持ちよくなれるようにっ、頑張りますっ！」

晶は妙に心が浮き立って、百音の肉壺から怒張を抜きはじめた。

「は、あっ、ぅううっ……！」

やり方を緩慢にしたから、牡粘膜へ練り込まれる快感もスローモーションめいている。蒸されたペニスへはさらなる血流が集まって、上向く亀頭がググッと襞の群れへ食い込んだ。

百音も膣肉もろとも下半身を引っ張られたように、股間を晶へ突き出してくる。

「あっ、やぁあぁんっ！　晶クンのおチ×ポぉおっ……う、動くぅううんっ！」

そこで亀頭が外まで抜けかけて、晶は即座にペニスをねじ込み直す。

今度は無意識に勢いが乗り、亀頭は入り口から最深部まで、弾丸さながらに突き進んだ。

「ううっ、も、百音さ、ぁあぅぅうっ！」

晶へは焼けつくような肉悦がもたらされる。百音も派手に悶絶する。

「ひぉおああっ！　あ、はぁんぅうっ!?」

だが、迷っている場合ではない。知佳だって、指戯の続きを待ち焦がれているのだ。

晶は窮屈な肉壺の中で、指を軽く曲げてみた。こちらもやるのは抜き差し主体だが、牝襞を爪で傷つけないようにと、行きも戻りも慎重にする。代わりに突き出す指の腹と、反対側の第二関節を、グリッグリッと周囲へ引っかけた。

効果はてきめんだった。

知佳は刺激を堪能《たんのう》するように顔を上げ、背骨のラインが綺麗な後ろ姿まで反らしたら、壁に向かって嬌声だ。

「あぁあっ！　いいっ、後藤君っ……どんどんっ、上手になってるぅっ！　ふぁあっ！　あ、そこっ！　今、君が抉ったところっ……わ、私っ、好きなのぉおっ！」

「じゃあっ、いっぱいしたほうがいいんですねっ!?」

「ええっ！　ええっ！　どんどんっ、虐めてえぇえっ！」

「わかりましたっ！」

晶もさらに指をしゃぶってほしくて中指まで追加する。その二本で知佳の臍寄りの一点を圧迫すると、そこは他より少し盛り上がり、かすかにコリコリと弾力があった。

ただし少年は、知佳の性感帯をどんどん覚えたい。だから他の場所への愛撫だって欠かさない。たとえば丁寧な動き方のまま、曲げた指を回転させて、全方位をほじくってみた。波打つ襞の一枚一枚をめくるように、しつこく撫で回してみた。それらの挑戦が奉仕に緩急をつけて、ますます知佳を悶えさせる。

「ああぁっ……すごっ、ぃいいっ！　指だけなのにぃいっ、あなたにされるとっ、気持ちいいのが止まらないのぉおああっ！」

ついには知佳も自ら尻を振って、快感を食い散らかしだした。かき出される愛液は白く泡立って、ボタボタと姉の上に垂れていく。

百音の下腹部は、自前の愛液だけでなく、妹の汁にまで濡らされた。その光沢と共に、妖しくのたくりつづけた。

「やぁあああんっ！　晶クンっ、あたしもっ、あたしもぉおっ！　晶クンのおチ×ポっ、気持ちいいところにばっかり当たっちゃうぅうっ！　このままっ、もっとっ、もっとぉおっ、イクまでおマ×コっ、ガンガンほじくってぇええっ！」

少年のピストンで穿《うが》たれた百音は、もはやねじ曲がった首の角度を元へ戻せない。後頭部どころか、頭のてっぺんをシーツへ擦りつけかねない、盛大なのけ反りようだ。

のみならず、せっかく解放された爆乳を、己で揉みしだきだす。

「つぁああんっ！　好きぃっ、大好きだよぉおっ、晶クぅうンっ！」

手つきは知佳の陰に隠れて、晶からはよく見えないものの、どうやらかなり荒っぽい。むしろ妹から弄られたショックまで踏み台に、淫らな歓喜へ溺れている。

それもあってか、膣壁まで伸縮性を取り戻し、ペニスをねっとりしゃぶり上げていた。

二度目の結合と、よくわかる。柔軟さが際立つ彼女の牝襞は、特に子宮口近くが細やかなのだ。突っ込んできた亀頭へ寄ってたかって絡みつき、我先に愛液を塗りたくる。鈴口と子宮口が衝突するたびに、くすぐったさを弾けさせる。

「ふ、く、あぅぅうっ！　ち、知佳さんっ……！　百音、さぁんっ……ぅうぅっ！」

晶の牡粘膜もますます敏感になって、突いても引いても、官能神経が火を噴きそうに疼いた。全身へ大粒の汗が浮き、あとから追いかけてくるのは、精液が竿の底へ溜まる焦燥だ。

「僕っ、出ますぅっ……精液っ、イキますぅぅうっ！」

それなりの経験を重ねてきた彼だから、このまま動けば、二分と保たないと確信できた。

そのむせび泣きに、百音は随喜《ずいき》の喘ぎで応える。

「いいのぉおっ！　だ、出してぇえっ！　あたしもぉっ、イキそっ、なのぉおっ！　ねっ、ねっ、ねっ……二人でイこっ！　繋がったままっ、イッちゃってぇえっ……か、可愛い赤ちゃんっ、作っちゃおうよぉおおっ!?」

彼女は射精を早めたがるように、強張った腰をヘコヘコうねらせはじめた。このやり口で、ペニスも上下へ揺さぶられ、エラが媚肉へぶつかったり、亀頭が揉み解されたりだ。晶もザーメンの元栓が壊れそうなほど、感じてしまう。

さらに上では、知佳が割れ目を指で開拓されながら、短い髪を揺らして喚き散らした。

「いやっ、いやよぉおっ！　晶君と子供作るのはっ、私っ、なんだからぁあっ！　卒業したらっ、いっぱいエッチしてっ、私が赤ちゃん作るっ、のぉおっ！」

「そんなのっ、駄目ぇええっ！　あたしぃっ！　あぁあんっ、あたしがぁっ、晶クンと赤ちゃんっ、どっちもっ、やぁあうっ、養《やしな》ってっ……あげるぅううふっ！」

二人が言い争う間にも、晶は腰遣いへブレーキをかけられない。しかも知佳の牝襞の指触りまでが、上の口とは反対に、射精を促してくる心地よさだ。

ともあれ三人が三人とも、下半身を不格好に揺さぶる有様は、まるで競争の趣旨《しゅし》が、エクスタシーまで最も粘れるのは誰かに変わったかのようだった。

イク、出る、出る！

おち×ちんが、破裂する――！

晶は頭の中を、グチャグチャにかき混ぜられた。

やがて、真っ先にオルガスムスへ至ったのは、前戯の時点から肉棒をめいっぱい味わってきた知佳だ。

「駄目っ、もう駄目ぇええっ！　後藤君のゆ、ぅっ、指でぇえっ、私っ、イッちゃうのぉおおおっ！　あひぅっ、ひっ、ひぃんぅううっ！　イクッ、イクッ、イクぅうううぅあぁぁあやぁぁぁあああぁぁああっ！」

彼女は果てた瞬間に、いっそう強く、少年の指を食い締める。

「は、ぐっ!?」

晶もこの圧迫で、昇天まで導かれかけた。しかし、膣肉が縮こまったところで追い打ちをかければどうなるか、彼は昨日のうちに学んでいる。

だから指をなおも操った。

狙い目は、知佳が虐めてとせがんだ、臍側で盛り上がる一点だ。百音の玩具が立てた振動音を参考に、小刻みながらも力強いバイブレーションを心がければ、知佳はアクメの高みから降りられない。

「やっ、やぁああっ！　わたひぃいいいっ、またっ、またぁああっ、イクのっ、止まらなぅあいぃいいいっ……いひぃいっ！　ぅひぃいいふぅうぉはぁあああっ!?」

女教師は四つん這いで悶絶しつづけて、挙句の果てには、プシャァアァアアッ！

姉の下腹部はおろか、臍のほうにまで、透明な汁をぶちまける。液の飛ぶ勢いは指の強弱と連動し、何秒間も続いた。

(これがっ……女の人の潮吹きなんだ！)

晶は一段と強まる膣圧に恍惚とさせられながら、また新しい知識を体得《たいとく》する。

さらに知佳のあとを追って、百音もオルガスムスへと至った。彼女は腰周りを水気で彩られながら、背筋でふしだらなアーチを描く。柔らかなはずの肉襞も、男根にまぶした牝汁を、ギュウギュウと擦り潰すようだ。

「はぁぁあああんっ！　あたっ、あぉおおっ、あたしぃいひっ！　壊れるっぅううあぁああおっ！　あ、あきっ、晶ク……つぁはっ！　ふぁあっ、はぁぁあおっぉおおぉおおぅぁあぁぁぁああっ⁉」

何から何まで破廉恥で、ケダモノめいた狂乱ぶりだった。

この中出しを求める膣圧に、晶も子宮口を突き上げたところから、腰を引けなくなってしまう。

「知佳さん！　知佳さんっ、知佳さんっ！　も、百音っ……さぁあんんぅうっ！」

彼が一番長く粘れたのは、持久力がついたからではない。知佳たちより先に、一回果てていたというだけのことだ。しかも無理に踏ん張った分、絶頂の法悦は数段階も跳ね上がった。

「あぁああっ、イクっ、イクぅううっ、出……あぁあっ！　イクぅううっ！」

彼は汗みずくの泣きべそで、天井を仰ぐように上体を反らす。白濁が男根の中をこじ開けていく重みも、痛烈に感じ取る。

そうやって衝撃に嬲られながら、子種を百音の胎内へ、ドクンドクンと解き放った。

「出て、ますぅっ……！　僕っ、百音さんの中でっ、出しちゃってるぅううっ！」

無謀《むぼう》な突貫を食らった百音だって、絶叫を止められない。

膣奥への摩擦が途切れない知佳は、イキっぱなしから抜け出せない。

「あぁっ、熱ぅっ……ぃいいいひっ！　おチ×ポっ、深いぃいいんっ！　つ、あ、ぅううっ、突きっ、抜けちゃっ……ぅぁあぁあっ!?」

「もぉ無理っ、無理よぉおっ！　私っ、お、ぁっ、おマ×コぉおおっ、これ以上は気持ちいいのがっ、は、入らないっ、からぁぁあっ!?」

三人は揃って仲よく、裸身をくんずほぐれつして、恥知らずな痙攣を続けるしかないのであった――。


行為は休憩を挟みつつ、夕方近くまで続いた。

晶も合計で四回も射精したからヘトヘトだ。最後はタオルケットの上へひっくり返って、途切れがちの呼吸を繰り返す羽目になった。

「はぁっ、はぁっ……はぁ……ふぅっ……」

どうにか鼓動を鎮めていると、同じように寝そべった百音が、生の爆乳を擦りつけてくる。

「どうかなぁ、晶クン……どっちが気持ちいいか……答えは出た？」

甘えながらの問いかけに、知佳も反対側からしがみついてくる。

「晶君っ……その、私……っ」

こちらは姉と対照的に、あとのほうほど声が小さくなっていく。

ともあれ、晶は再び動悸《どうき》が速まった。

回答を迫られる緊張だけでなく、ひしゃげる胸の柔軟さと、引き締まった四肢の張りも意識させられて、精を出しきったはずの男根が、ムクムク膨張してしまった。

模範解答なら、思案するまでもなく、わかっているのだ。自分は知佳へ告白したわけだし、彼女への愛情だって、昨日以上に強まっている。

（でも……それでいいの？）

百音の中へあれだけ出しておいて、やっぱり知佳さんがいいです――は、無責任すぎるのではなかろうか。

――否。がむしゃらに動いたあとだから、晶は気持ちを偽《いつわ》れない。

自分は知佳だけでなく、百音にも惹《ひ》かれている。

「ええと……」

ひとまず声を発してみたが、納得できる言葉は続けられなかった。

その間にも左右から、祈るような視線を注がれつづける。

「…………ごめんなさい。僕には……決められないです」

答えながら、晶は自分が情けなかった。

百音も指先で、強めに頬を突っついてきた。

「うわぁ、優柔不断……」

「ご、ごめんなさい、百音さん……っ」

晶は謝罪を繰り返す他にない。しかし意外なことに、続く百音の声は優しかったのだ。

「ありがとうね、晶クン」

「えっ？」

目を向けると、百音は吹っ切れたように微笑んでいる。

「だってあたし、君を玩具にしてばかりだったじゃない……それで、ここまで悩んでもらえるなら、十分幸せ」

あたし、晶クンを愛してるんだよ――。

あのセリフが、冗談でも酔狂《すいきょう》でもなかったと、晶ははっきり理解した。

そこで知佳も、しがみつく力を強くする。

「私は……姉さんと違うわ。君の答えを手放しでは歓迎できないの……」

「すみません……」

「だけど、君が姉さんを冷たく切り捨てることはしないってわかって、安心もしてる……っ」

「先生……！」

晶は知佳へ視線を移す。

至近距離から見つめれば、憧れの女教師は、想いを持て余すようにほろ苦く笑った。

「私、君を好きな気持ちは変えられないみたい。だから、私のことも名前で呼んでくれれば……今は、それで満足しておくわ……」

「は、はいっ、知佳さん……！」

晶は胸がいっぱいになりながら、改めて知佳のファーストネームを口にする。それに応じて知佳も、さらに反対側の百音も、裸身を密着させてきた。

「晶、君……っ」

「晶クン……！」

アブノーマルな三角関係は、もうしばらく続きそうだった——。

エピローグ

初めて三人でセックスした日から、およそ二年半が過ぎた。

晶は無事に竜ヶ園学院を卒業し、志望校へ合格できている。

有倉姉妹との交際も、どちらか一人を選ぶことの無い曖昧な状態ながら、ひとまず良好《りょうこう》に続いている。

「……うーん、晶クンも明後日には大学生かぁ。時の流れは早いよねぇ」

「姉さん、そのセリフは少し若さが足りないいんじゃないかしら」

「しょうがないいんじゃなーい？　あたしはこの場で一番年上なんだもの。知佳も、もっと敬意を払うべきだよねぇ？」

けん制し合うような百音と知佳のやり取りも、相変わらずだ。

これで大喧嘩へ発展しないのは、長年かけて距離感を育《はぐく》んできた姉妹ならではなのだろう。

一度、晶は尋ねてみたことがある。それによれば、彼女らの間で言い争いが起こるのは、原因の八割方が、創作についてだそうだ。それも例の「決まりごと」を定めて以来、めっきり減ったというから、パイズリでイカされた晶を見て、知佳が百音へ食ってかかったのは、数少ない例外らしい。

今日も今日とて、百音は晶を描くためにキャンバスの前へ立っている。隣では知佳が、同じように晶を見据えて、粘土を複雑な形へ変えている。

椅子へ座った晶は、竜ヶ園学院の制服——ただし女子用ブレザーとスカートを身に着けていた。胸にはパッドまで入れて、どこから見ても可憐な少女の装いだ。

もっとも女装に関しては、昨日から一つ、切実な不安が生じている。

「……どうしたの、晶君。少し表情が硬いみたいだけど……」

かすかな変化に気づいたのは、知佳のほうが早い。

「ええと、まあ……」

晶はどう切り出すべきか、迷ってしまう。だが、それなりに長い交際を経て、彼も臆病さが改善されつつあった。

「昨日、顔を洗ったあとで鏡を見たら……ちょっとだけ、髭が生えていたんです」

「あー、そっか。晶クンは、女装が似合わなくなるんじゃないかと心配なんだ？」

合点がいったというふうに、百音が頷く。

「……はい。一本ぐらいだからすぐ剃れましたけど……知佳さんと百音さんは、僕の女装を気に入ってくれてるわけで……期待に応えられなくなったらと思うと……」

「なるほど、なるほど」

百音は年上ぶって腕組みしたあと、明るく笑った。

「心配しなくていいんじゃない？　髭ぐらい、剃ったりお化粧したりで、カバーできるでしょ。その気になれば、女装は一生続けられるそうだもの」

そこへ知佳も言い添える。

「晶君、あとで服のカタログを見てみましょう。男性の体型を隠せるデザインだっていろいろあるのよ？」

「は、はい……っ」

二人に温かく答えてもらえて、晶は胸のつかえがスッと取れた。

しかし百音の笑みは、途中で人の悪いものへ変わる。

「と、こ、ろ、でぇ……女装が似合わなくなったら、あたしたちの気持ちが離れちゃうとでも思ったのかな、晶クンは？」

「え……」

図星だったので、晶は返事に困ってしまった。女装と美術こそ、自分たちを繋ぐ絆《きずな》に思えていたのだ。

この反応に、百音が天井を見上げて、嘆《なげ》いたふりをする。

「あーあ、晶クンてば、あたしたちの愛を舐めすぎだよぉ？」

知佳も珍しく、冗談めかして口の端を上げた。

「そのとおりね。特に、私は姉さんと違って、晶君が女装へ目覚める前から好きだったんだから。ええ、姉さんと違って」

「おおっと？　知佳も言うようになったねー？」

「あら、そうかしら？」

百音と知佳は火花を散らすように笑い合ったあと、同時に晶へ顔を戻した。

「ともかく、晶クンには、あたしたちの重たさを再確認してもらうしかないよね？今日もたっぷり搾り取っちゃおうっと」

「ええ、制作はあと回しだわ。覚悟してね、晶君」

この調子だと、今日も精魂《せいこん》尽きるまで、彼女らから求められることになるだろう。

受験の時期は手加減してもらえたが、もはやセーブの必要がない。最近はセックスのたびにすごいのだ。

しかし、晶はやや腰が引けながら、それ以上に心が弾んだ。

今、百音は女装を一生やっていけると言った。

この三人の関係だって、自分は末永く続けたい。

たとえ世間から見て、倒錯していようと、それはとても幸せなことだから——。

「わかりました……っ。僕っ、お二人に、いっぱいイッてもらいますっ」

彼が気張って言い返す。

「あふっ……！」

「ヤンっ！」

さっそく声だけで濡れてしまったように、知佳も、百音も、悩ましく打ち震えるのであった。

◉新人作品**大募集**◉

マドンナメイト編集部では、意欲あふれる新人作品を常時募集しております。採用された作品は、本人通知のうえ当文庫より出版されることになります。

【応募要項】未発表作品に限る。四〇〇字詰原稿用紙換算で三〇〇枚以上四〇〇枚以内。必ず梗概をお書き添えのうえ、名前・住所・電話番号を明記してお送り下さい。なお、採否にかかわらず原稿は返却いたしません。また、電話でのお問い合せはご遠慮下さい。

【送付先】〒一〇一‐八四〇五 東京都千代田区神田三崎町二‐一八‐一一 マドンナ社編集部 新人作品募集係

男の娘《おとこのこ》いじり 倒錯《とうさく》の学園祭《がくえんさい》

二〇二二年八月十日 初版発行

著者◉伊吹泰郎【いぶき・やすろう】

発行◉マドンナ社
発売◉二見書房
東京都千代田区神田三崎町二‐一八‐一一
電話 〇三‐三五一五‐二三一一(代表)
郵便振替 〇〇一七〇‐四‐二六三九

印刷◉株式会社堀内印刷所 製本◉株式会社村上製本所 落丁・乱丁本はお取替えいたします。定価は、カバーに表示してあります。

ISBN978-4-576-22104-5◉Printed in Japan◉©Y.Ibuki 2022